POÉSIES

MYSTIQUES

PAR

THALÈS BERNARD.

PARIS

POÉSIES MYSTIQUES.

POÉSIES

MYSTIQUES

PAR

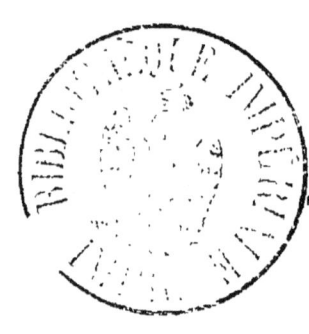

THALÈS BERNARD.

———·◦◦◦◦·———

PARIS

· C. VANIER, LIBRAIRE,   RIGAUD, LIBRAIRE,
ÉDITEUR DE L'UNION DES POÉTES   ÉDITEUR DU PARADIS PERDU
12, rue d'Enghien.   50, rue Sainte-Anne.

1858

PRÉFACE.

Escalader le ciel est une tentative qui a toujours été fort mal récompensée, si l'on en croit les légendes titaniques et le mythe de Babel. Mais, à considérer ces traditions au point de vue de la poésie, elles ont une sublime grandeur. De nos jours, les philosophes n'ont pas été indignes des géants de la vieille mythologie ; ils ont voulu aussi escalader le ciel, et si, dans leur lutte avec l'Infini, ils ont succombé au point de vue de la morale pratique, ils ont montré que le cerveau humain décrivait une trajectoire plus étendue qu'aucune de celles qui indiquent la marche des astres dans la nue.

1

A quoi bon toute cette grandeur, dira-t-on, puisque l'intelligence est trop débile pour construire un système général des choses? Les progrès mêmes de la science démontrent la vanité de celle-ci. Lorsqu'on découvrit le microscope et le télescope, on s'écria avec exaltation qu'on allait enfin saisir la nature; mais ces deux merveilleux instruments, en nous permettant d'observer, d'une part, les nébuleuses, de l'autre, les infusoires, n'ont fait qu'augmenter l'Infini dans les deux sens, et l'avortement de la philosophie a tourné au profit du christianisme.

Je suis loin de nier ces conclusions. Toutefois, l'homme est soumis à cette double loi, de chercher toujours et de ne jamais trouver. Il est né pour observer constamment ces deux mondes, l'esprit et la nature, et pour tâcher de les accorder. L'œuvre est difficile. A mesure que les religions se sont établies, l'étude de la nature, prenant plus d'extension, est venue battre en brèche les croyances, et le problème s'étant agrandi, a exigé de nouvelles solutions. La philosophie allemande s'est placée très-haut dans l'estime des penseurs en cherchant précisément à créer une doctrine générale qui identifie l'âme de l'homme avec le monde extérieur, et nous fasse comprendre la raison de notre existence. Si elle a échoué dans sa tentative, elle n'en a pas moins ouvert à l'âme humaine de vastes régions où la poésie peut porter son élan fougueux et son inquiète activité.

C'est dans de telles régions que j'ai osé transporter la poésie, sans m'embarrasser plutôt de Fichte que de Schelling ou de Hegel. J'ai seulement pris à la métaphysique allemande son essor vers l'Infini, et j'ai essayé de montrer comment, après des efforts qui l'épuisent, le cœur trouve la paix en se reposant dans la vérité chrétienne. Je serais trop heureux si je pouvais ainsi rattacher la poésie à la métaphysique de l'Allemagne, comme j'ai contribué, pour ma faible part, à faire connaître ici les chants populaires auxquels ce pays s'est intéressé.

Mais je ne puis parler de *chants populaires* sans remercier aussitôt la presse germanique de l'indulgence avec laquelle elle a accueilli mes efforts pour ébranler les barrières qui séparent encore les Latins des Germains, ou pour mieux dire, les Français du reste de l'Europe. Cette idée de fonder une *Académie de littérature étrangère* qui aurait pour principale mission de faire communiquer les peuples entre eux, et de rajeunir la poésie en la retrempant à ses sources, a été adoptée par les hommes les plus compétents. M. Louis de Baecker, l'infatigable représentant de la littérature flamande ; M. Ernest Lafond, l'ingénieux traducteur de Lope de Vega ; M. C. Zetterquist, de Stockholm, qui prépare un ouvrage philologique en cinq cents langues ; le pasteur André Hedner, d'Asby en Suède ; la baronne de Reinsberg, connue autant par ses charmantes poésies que par ses gracieuses imitations des chants de la Bohême ; le célèbre auteur de *Carlo Zeno*, Rudolph Gottschall ; le poëte estonien Jégor Von Sivers, m'ont tous, soit appuyé dans mes tentatives, soit fourni de précieux renseignements. M. Féodor Wehl, qui dirige aujourd'hui à Hambourg le journal *Jahreszeiten*, non content de traduire quelques-unes de mes poésies en langue allemande, est revenu à plusieurs reprises sur mes idées de cosmopolitisme. M. Edmond Delière a fait à Genève une vigoureuse propagande dans le même but. Le Dr Karl Rosenkranz m'a fortement engagé à germaniser la poésie française, et son excellente *Histoire de la Poésie,* où nos écrivains sont appréciés avec une si noble impartialité, m'a été d'un secours continuel. M. Kertbeny, de Pest, m'a transmis tous les renseignements dont j'avais besoin pour m'approprier la poésie hongroise ; un autre poëte magyar, Paul Jambor, m'a également fourni des informations de diverses natures. Quant au poëte russe Basilius Jacowleff, qui a le premier mis sous mes yeux les admirables chants de l'Estonie, je n'ai pas besoin de rien dire de lui, car la publication de son *Mélodion* l'a placé au premier rang parmi les poëtes philosophes et les sincères amis de l'humanité. Les journaux même de l'Amérique du sud, ont bien voulu servir la cause du cosmopolitisme en exposant mes idées dans leurs colonnes, et deux poëtes hispano-américains, Don Narciso de Foxa, et Don Juan Maria Gutierrez, se sont mis à ma disposition avec une obligeance sans bornes. Qu'ils reçoivent tous mes remercîments, car il y a une chose plus sainte encore que la poésie, c'est le mouvement religieux qui entraîne les peuples les uns vers les autres : et les écrivains qui oublient leur rôle personnel pour travailler à la réalisation du genre humain en famille chrétienne, méritent les honneurs dus à l'apostolat. « Nec in natura, m'écrit le pasteur Hedner, nec in traditis et scriptis, nobis unquam suecis defuit poesis. Ab Eddarum inde temporibus priscis ad nostram usque memoriam heri hodieque sueca cani audita est camœna, ore quidem dulci, sed querulo magis quam faceto. Itaque quum legerem *projet de fondation d'une Académie de littérature étrangère*, non potui quin sperarem, suecis etiam e fontibus hauriri posse, quod Poesin universalem rore quodam adspergat, eque campis nostris colligi, quod ad communem litterarum messem accedat. » Ce que l'honorable membre de l'Académie royale de Stockholm dit ici de la poésie suédoise, chaque peuple peut le répéter en particulier, et constituer ainsi cette *poésie universelle* dont le pasteur Hedner admet la possibilité. En effet, il ne s'agit pas seulement de germaniser la France; si je m'appuie sur l'Allemagne pour prêcher mes réformes, c'est que ce pays sert depuis un siècle d'entrepôt intellectuel pour toutes les régions du nord, mais dans mes poésies comme dans mes travaux de prose, j'ai beaucoup moins utilisé les chants populaires de l'Allemagne proprement dits que les chants slaves et lithuaniens, et surtout les chants estoniens, finnois et hongrois. Or, ces trois derniers peuples appartiennent à la famille Tatare. On a donc commis en France une erreur philologique en m'accusant de germaniser. La vérité est qu'il y a eu en Allemagne, grâce à la surprenante flexibilité de la langue, un tel échange entre la poésie germanique et celles de l'étranger, qu'on distinguerait difficilement ce qui est national ; surtout en constatant, d'un autre côté, que les peuples finno-letto-slaves ont été pénétrés de l'esprit allemand par suite de circonstances politiques ou géographiques. Le seul point essentiel à établir est celui-ci : tout le nord et l'orient de l'Europe est rempli d'une poésie divine, encore inculte, qu'il faut faire arriver en France par l'intermédiaire de l'Allemagne.

Mais je m'écarte un peu de la poésie comme on l'entend aujourd'hui dans notre pays ; je me hâte donc de terminer cette préface, en m'excusant d'avoir pris quelques libertés au point de vue de la prosodie. Il est peut-être temps d'opérer certaines réformes dans la théorie de la versification. C'est un sujet que je traiterai à loisir dans mon *Histoire de l'Académie*, où, après avoir parlé de l'influence bienfaisante que tant d'illustres écrivains ont exercée sur la langue française, j'examinerai s'il n'y a pas d'améliorations à proposer. Il n'est pas question ici des ridicules systèmes qui prétendent défigurer notre idiome, mais la linguistique étant devenue une science exacte comme les autres sciences naturelles, le moment est arrivé d'en diriger tous les phénomènes au lieu de les subir. Jusqu'à Lavoisier, la chimie n'a guère été que de l'alchimie; avec le célèbre savant, elle a pris un caractère fixe, parce qu'il a inventé une théorie qui la gouverne; de même, nos langues ont été jusqu'à présent un ensemble de phénomènes organisés suivant une loi fatale, ou des combinaisons de hasard; mais depuis que la linguistique est constituée, nous entrevoyons la possibilité d'inventer une théorie qui domine tous les faits philologiques, et fasse disparaître tant de restes barbares, mal dissimulés dans nos langues d'Europe, si cultivées qu'elles soient en apparence.

POÉSIES MYSTIQUES.

I

A MA SŒUR

MISSIONNAIRE EN CHINE.

Puisque l'homme, pétri de noir fiel et d'argile,
En louant la vertu se complaît au péché,
Et, tout en admirant saint Paul et l'Évangile,
Lapide encor le Juste à la croix attaché ;

Travaillons. sans faiblir à l'œuvre méritoire
Qui doit tout délivrer des liens de l'enfer,
Et, lorsque le Gentil nous traine à son prétoire,
Confessons notre foi sans redouter le fer.

Comme les vieux martyrs levons bien haut la tête,

Foudroyons nos bourreaux d'un œil étincelant !

Qu'importe si pour nous la couronne s'apprête ?

Le Christ même eut sur terre un piédestal sanglant !

Nous tombons ici-bas sous la haine cruelle,

Perdant jusqu'à nos noms, qu'on injurie encor ;

Mais, pour fuir du tombeau, l'âme possède une aile,

Et s'en va dans les cieux chercher le nimbe d'or.

Bientôt, dans la cité dont les tours sont d'ivoire,

Dans la ville céleste aux portes de rubis,

Elle voit les Élus, entourés d'une gloire,

Oublier leur martyre et les tourments subis ;

Et, sous les pieds de Dieu, qui daigne lui sourire,

Le cœur, après l'épreuve, à son principe uni,

Sillonne l'étendue ainsi qu'un fier navire,

Et sent qu'il est enfin maître de l'infini !

II

PRÉLUDE PASTORAL.

Si j'ai choisi pour poésie
Un genre qui paraît léger,
Sachez que, de ma fantaisie,
Le sens doit vous faire songer.

D'abord, j'ai célébré la femme,
Naïf, la croyant sans défauts ;
Mais, bientôt, j'ai dit à mon âme :
« Éloigne-toi, son cœur est faux ! »

Alors j'ai chanté la nature ;

Fuyant le souffle des hivers,

Comme un argus, à l'aventure,

J'ai voltigé sur les prés verts.

Du printemps saluant les roses,

Ma main, pour orner mes chansons,

N'a pas cueilli les fleurs écloses

Qui parent si bien les buissons.

Garde ta couronne, ô campagne,

Il faut la rose au vert bosquet,

La germandrée à la montagne,

Au fuyant coteau son bouquet !

De mille fleurs, comme l'abeille,

Sans les gâter, sans les flétrir,

Poëte, j'ai fait ma corbeille,

Et son miel d'or a pu mûrir.

Bientôt pourtant, devenant homme,
J'ai vu l'automne s'avancer,
Et la poire jaune et la pomme
Sur les rameaux se balancer.

Et moi j'ai dit : « Mais voici l'heure
Où commencent les longues nuits ;
Poëte, songe, souffre et pleure ;
Après les fleurs, il faut les fruits. »

Alors, mon âme audacieuse
Chercha partout la vérité,
Et, dans la tombe ténébreuse,
Vit luire l'immortalité.

Si je n'ai pas, d'une main sûre,
Construit un système achevé,
C'est que, disséquant la nature,
L'homme n'a jamais rien trouvé.

On peut élever des systèmes
Pour expliquer tout l'univers,
Mais Dieu se rit des penseurs blêmes
Qui déifient l'homme pervers.

Le plus ferme, le plus sublime,
C'est Fichte, le hardi Germain,
Qui voulut creuser un abîme
Entre le monde et l'être humain.

La terre est une vaine écorce,
C'est en vous, dit-il, qu'est la Loi ;
Et l'homme seul, rempli de force,
Engendre tout avec son *moi*.

O pensée absurde, ô démence !
Les bourgeons, qui les fait rougir
Lorsque l'idée en toi commence
Est-ce toi qui la fais surgir ?

Cependant, si jamais un maître
Fut digne d'être respecté,
C'est toi, dont la soif de connaître
Fut toute la témérité.

Tu fis de l'âme un centre unique,
Duquel le monde est dérivé,
Et, te drapant dans ta tunique,
Tu crias bien haut : « J'ai trouvé ! »

Certes, il était grandiose
Que la raison pût tout créer,
Et que l'âme, éternelle cause,
Vînt elle-même s'adorer !

Si tu t'arrêtas dans ta route
Saisi par la peur ou la mort,
Ou vacillant au bord du doute,
Ton disciple Hégel fut plus fort.

1.

Il te combattit par tes armes,

Souleva l'homme jusqu'au ciel,

Et, scrutant le rire et les larmes,

Unit l'idéal au réel.

Par lui fut enfin reconquise

La palme d'immortalité ;

Et l'homme, raillant toute église,

Exalta son éternité.

Mais comme en dépit de sa gloire,

Hélas ! il lui fallait vieillir,

Il refusa bientôt de croire

A ce qui le laissait mourir !

Eh quoi ! toujours la même chute !

C'est Aristote après Platon ;

C'est Épicure qui dispute

Une âme immortelle à Caton.

Ainsi marche le cours des âges,
On peut blâmer l'antiquité,
Après comme avant, les plus sages
En vain sur l'âme ont discuté.

Descartes et Bacon, tout tombe,
Chacun s'en va sans savoir rien,
Si ce n'est qu'au fond d'une tombe
On se couche et l'on y dort bien.

Fatigué de recherches vaines,
A mes livres disant adieu,
J'ai donc voulu revoir les plaines
Où l'herbe est verte, le ciel bleu.

Et roulant en moi mes pensées,
Pour n'en pas perdre tout le fruit,
J'ai chanté mes craintes passées,
Dans la langue qui me poursuit.

J'ai supposé qu'un simple pâtre

Au séminaire dégrossi,

Le soir, en attisant son âtre,

Voulait à Dieu songer aussi.

Les termes savants de l'école,

Il pourra bien les ignorer ;

Mais il voit l'âme qui s'envole,

Mais il entend l'homme pleurer.

Il recherche donc en lui-même

Si l'idéal et le réel,

Sombre énigme, effrayant problème,

Trouvent leur accord dans le ciel.

Comme il est fils de la prairie

Où, le soir, il rêve longtemps,

Il parsème sa rêverie

Des timides fleurs du printemps.

Laissez arriver vers la ville
Un philosophe rude encor,
Mais dont l'âme déjà subtile
Sous la gangue sait trouver l'or!

Si jamais Fichte ou Malebranche,
Construisant l'arbre du savoir,
Ne nous ont dit sur quelle branche
A tous leur dieu se faisait voir ;

Laissez l'instinct parler en maître,
Peut-être pourrez-vous ainsi
Au bout de vingt siècles connaître
Pourquoi vous disputez ici !

III

ALLÉGORIE.

A Madame J. de T.

La vie est un jardin où mille fleurs nouvelles
Éclosent tour à tour sous les yeux enchantés.
Hélas! pourquoi faut-il que le temps ait des ailes,
Et qu'un hiver si long succède aux courts étés?

Chanteur triste déjà, si j'ai trente ans à peine,
J'ai vu dans mes bosquets les roses se flétrir,
Je les ranime encor de ma tremblante haleine,
Mais, ô mon beau printemps, tu te laisses mourir!

Ah! du moins, le destin me permet en échange,

De sentir dans mon cœur, doucement agité,

Se rouvrir une fleur à la corolle étrange,

Quand rayonne à mes yeux l'éclat de la beauté.

Elle sort de mon sein, m'enveloppe et m'embaume,

Répandant pour parfum des vers mystérieux,

Mais ce n'est pas mon cœur d'où lui vient son arome,

Il lui vient du soleil suspendu dans ses cieux.

Heureux qui, près de vous, songe, contemple, admire,

Qui, troublé, poursuivant son rêve au fond des bois,

S'efforce, en hésitant, de rendre sur la lyre

Les sons voluptueux de votre douce voix !

Lorsque, sur vos coussins, vous reposez pensive,

Enchaînant avec art des mots mélodieux,

Les neuf Muses en chœur répondent sur la rive,

Où Vénus, autrefois, dominait tous les dieux.

Vous rappelez à tous la belle Polymnie,

Qui, le chant à la lèvre, et le front dans la main,

Asservissant les cœurs par sa molle harmonie,

En Éden merveilleux changeait le monde humain.

La charmante gaîté sied à votre éloquence,

La bonté bienveillante habite votre cœur ;

Vous avez à la fois la grâce de l'enfance,

Et l'esprit sérieux du sage et du penseur.

Laissez donc à vos pieds soupirer notre hommage ;

La rêveuse beauté ne saurait s'offenser

Que le ruisseau d'argent lui rende son image,

Quand, si belle, il la voit sur ses rives passer.

Le doux parfum des vers autour de vous s'exhale,

Comme du vert jasmin s'élèvent les senteurs,

Lorsque dans les bosquets la brise matinale

Rappelle le poëte à ses songes menteurs.

Oh! quand vous aurez vu mûrir toute la gloire

Due aux dons enchanteurs que Dieu vous a donnés,

Songez bien quelquefois, couchés dans la nuit noire,

Aux chanteurs inconnus, morts comme ils étaient nés!

Vous savez que leur âme ira dans les étoiles,

Pour oublier la terre, adorer et prier ;

Mais n'auront-ils jamais, derrière leurs bleus voiles,

Un regret pour ce monde où verdit le laurier?

IV

JANOSSIK.

Par un jour de soleil et d'ombre,
Revaï Miklos, le beau Hongrois,
Traversait une gorge sombre
Où les brigands se rient des rois.

Sur sa tête est le ciel sans borne,
A son côté le dur granit,
Et devant lui le steppe morne
Qui sous l'œil jamais ne finit.

Il s'exhale une odeur sauvage

Des pins agités par les vents ;

Océan, jamais ton rivage

N'eut de parfums plus enivrants.

Revaï respire avec délice

L'arome puissant du désert,

Et pliant sa lourde pelisse,

La jette sur le gazon vert.

L'air frais dilate sa poitrine,

Ses yeux, son cœur, tout est content.

Eh quoi ! dans la plaine voisine,

N'est-il pas quelqu'un qui t'attend ?

Mais tout Hongrois dans la montagne

D'extase est toujours transporté,

Car c'est là qu'il a pour compagne

Sa noble sœur, la Liberté !

Revaï, qui songeait, voit paraître
Sur le chemin un cavalier;
Il lui semble le reconnaître,
Bien que son air soit singulier.

On voit reluire à sa ceinture
Un poignard, un long pistolet,
Et d'argent fin une bordure
Sur son dolman à bleu collet.

Sa chemise est de toile fine,
D'un gant est couverte sa main;
On rencontre peu, j'imagine,
De tels passants sur le chemin.

Son beau front est celui d'un maître,
Dans ses yeux brille la fierté;
Par l'âme d'un serf ou d'un traître
Ce front peut-il être habité?

Et cependant, malgré sa mine,

Malgré son costume élégant,

Il porte sur sa carabine

Ces mots : « JANOSSIK LE BRIGAND ! »

« Revaï Miklos, salut, mon frère !

Depuis que nous avons quitté

Les bancs usés du séminaire,

Dis-moi, comment t'es-tu porté ?

« — Tu vois, j'ai toujours bon visage,

Par ici je vais voyageant,

A travers forêt et village,

Gardé par mon sabre d'argent.

« Je vais chercher ma fiancée

A Saint-Michel, vers Torontal ;

Adieu, car ma route est pressée,

Que Dieu te garde de tout mal ! »

« — Revaï Miklos, reviens-moi vite ;

Ton accueil est désobligeant,

Mais, en signe que je t'invite,

Laisse-moi ton sabre d'argent. »

Revaï regarde la campagne,

Il voit partout des cavaliers

Monter, descendre la montagne,

Siffler les chiens dans les halliers.

Du fier Janossik c'est la bande,

Résister serait insensé ;

Il fait donc ce qu'on lui demande :

Adieu son sabre damassé !

« Ramène ici tout ton cortége ;

Qu'il vienne du hameau lointain

Sans redouter péril ni piége :

Je veux lui donner un festin ! »

Revaï Miklos reprend sa route ;

Son voyage lui pèse un peu,

Car un sabre d'argent qui coûte

Deux cents florins, n'est pas un jeu.

Chez son beau-père il se présente,

On tire pour lui les mousquets ;

Chaque fille le complimente,

Dans ses atours les plus coquets.

« Mère, donnez-moi ma promise,

A Szathmar je veux l'emmener ;

Mais d'abord, allons à l'église,

Car j'ai grand besoin de dîner. »

La noce entre dans la chapelle,

Le prêtre en a bientôt fini ;

Revaï Miklos offre à sa belle

Un lourd anneau d'argent béni.

« Adieu, ma mère, sois heureuse,

Adieu, sapins aux fiers sommets,

Car la fiancée oublieuse

Ne vous reverra plus jamais. »

Les garçons se forment en troupe

Pour reconduire le mari :

Chacun a sa promise en croupe,

Chacune, son bouquet fleuri.

Revaï Miklos soudain s'arrête,

Il met son front brun dans sa main :

« Miklos, as-tu perdu la tête,

Quand partons-nous ; est-ce demain ? »

Ainsi parle toute la noce,

Mais Revaï, le beau fiancé,

De son mousquet frappe la crosse,

Et répond d'un air courroucé :

« Janossik, éclair et tonnerre !

En riant, m'a pris, hier soir,

Le sabre d'argent de mon père ; —

Avez-vous peur de l'aller voir ?

« Il m'a dit d'amener ma suite

Pour la régaler d'un festin.

Puisque Janossik nous invite,

Rendons-nous-y tous ce matin.

« — Je le veux, dit la fiancée ;

Allons saluer le bandit ;

S'il a quelque arrière-pensée,

Qu'à jamais son nom soit maudit ! »

Toute la noce, mise en joie,

Dans l'herbe galope en chantant ;

De rudes mains frôlent la soie ;

Les filles ont peur un instant.

Mais bientôt la route est si dure,

Qu'il faut veiller sur son cheval.

Ici, l'atmosphère est plus pure,

Salut, sommets du ciel natal !

Dans la roche où le thym commence,

Le rire bruyant a cessé ;

Montagne, ciel, forêt immense

Font songer le cœur oppressé.

La noce marche sans rien dire,

Revaï Miklos va le premier,

Regardant Vilma lui sourire,

Du désert bouton printanier.

O fille, sous la double ganse

Qui forme ses nœuds sur ton sein,

Ton cœur vierge s'agite et pense

Aux retours du sort incertain.

Tu n'as pas dix-huit ans encore,

Mais que de fois, dans les grands blés,

Tu trouvas, flétris à l'aurore,

Pavots et bluets étoilés !

Voici la gorge épouvantable

Où Janossik s'est retiré ;

Vingt roches y servent de table

Sous l'abri du ciel azuré.

« Revaï Miklos, salut, mon frère !

Salut, fiancée à l'œil bleu,

Le festin ne tardera guère,

Car la chair rouge est sur le feu. »

Janossik ainsi se présente

A la tête de vingt bandits ;

Et la promise rougissante

Regarde pourtant ses habits.

De soie écarlate est sa veste,

A son bonnet luit un gland d'or ;

Son gilet, plus beau que le reste,

Brille comme un vers de Czuczor.

« Asseyez-vous sur la bruyère,

La table est large, vous voyez ;

Pour banc vous n'aurez qu'une pierre,

Mais j'ai du vin dans mes celliers. »

Aussitôt, sur l'ordre du maître,

On apporte trois bœufs rôtis,

Dont le fumet laisse paraître

De quels brasiers ils sont sortis.

Dix agneaux, baignant dans leur sauce,

Aux convives sont présentés ;

Le thym sauvage les rehausse,

La sauge aux bouquets argentés.

Des cruches où le vin écume

Le grès roux fait plaisir à voir ;

Et chacun, près du plat qui fume,

Trouve un gros morceau de pain noir.

Tous ont faim ; le repas commence ;

Il faut les voir jouer des dents,

Pendant que les chiens en silence

Les fixent de leurs yeux ardents.

Bœuf, agneau, le vin et la bière,

Tout s'en va, sitôt apporté ;

On boit le Ménès à plein verre,

La noce se met en gaîté.

Le vin rouge monte à la tête,

Les yeux s'enflamment, le cœur bat ;.

Janossik, gouvernant la fête,.

Se réjouit d'un tel sabbat.

2.

Soudain, en trébuchant sur l'herbe,
Un convive, le verre en main :
« Brigand, ton festin est superbe,
Jamais on n'eut de meilleur vin.

« Mais, puisque ton âme est si grande,
Pourquoi donc t'es-tu fait voleur ? » —
D'un regard contenant sa bande,
Janossik change de couleur.

Revaï Miklos, d'une voix forte,
Blâme le parleur discourtois ;
Mais, plus calme que son escorte,
Janossik fait tonner sa voix :

« Hongrois, qui mangez à ma table,
Écoutez pourquoi le bandit,
Comme un vautour inexorable,
Dans la montagne a fait son nid :

« Longtemps, comme un chien à l'attache,

Revaï Miklos le sait fort bien,

Dans les livres j'ai sans relâche

Travaillé, sans y trouver rien.

Le soir, quand pâlissait ma lampe,

Le cœur rempli de désespoir,

Appuyant ma main sur ma tempe,

Je jetais l'injure au ciel noir !

« Les savants n'ont rien dans leurs livres,

Criais-je, de rage emporté ;

De leurs rêves creux ils sont ivres,

Mais la foule passe à côté.

« Plaçant systèmes sur systèmes,

Ils ont détruit la simple foi,

Au peuple enseigné des blasphèmes,

Et remplacé Dieu par la Loi.

« Conduisant l'homme au suicide,

Ils ont détruit l'ordre du ciel ;

Et la foule qui souffre à vide,

Ne chante plus à la Noël.

« Pour eux, installés dans les chaires,

Revêtus d'habits somptueux,

Ils jettent l'injure à nos pères,

Comme s'ils en savaient plus qu'eux !

« De leur science imaginaire

Je compris bien la vanité,

Et je quittai le séminaire

Lorsque toute foi m'eut quitté.

« Me perdant alors dans la ville,

J'appris bientôt, à mes dépens,

Combien l'homme est lâche et servile,

Quel fiel il porte dans ses flancs.

« Je vis partout flétrir la femme,

Partout le juste méprisé,

Partout fleurir le vice infâme,

Partout l'honnête homme accusé.

« Tous péroraient sur la morale,

Mais chacun suivait, bien caché,

L'essor de sa vie animale,

Tout en lapidant le péché.

« C'est alors que rempli de haine,

Pendant un sabre à mon côté,

Je rompis la trop lourde chaîne

Que m'imposait l'humanité.

« Revenez, jours du premier monde,

Beaux jours où l'homme originel,

Riant de la foudre qui gronde,

Tendait son arc contre le ciel.

« La bataille vaut bien la ruse,

Heureux qui marche en rugissant !

Qui, sur l'épaule une arquebuse,

Demande et donne sang pour sang !

« Ainsi, ma voix pleine de fièvre,

Maudit la ville à ciel ouvert,

Et, portant le rire à ma lèvre,

Je m'en allai vers le désert.

« Là, j'ai rassemblé deux cents braves,

Sans préjugés, sans peur, sans lois,

Qui, las d'être toujours esclaves,

M'ont voulu suivre au fond des bois.

« Car en eux jamais ma main lourde

N'étouffe les instincts virils ;

Quand j'ai soif, je bois à leur gourde,

Je brave les mêmes périls.

« Cependant, comme il faut un maître,
A leur tête ils m'ont appclé ;
Si l'un d'eux devient lâche ou traître,
A l'instant son compte est réglé.

« Nous arrêtons, dans la montagne,
Gai voyageur, juif aux abois,
Qui vont porter en Allemagne
La fleur de nos écus hongrois.

« Vivant ainsi comme nos pères,
De la substance du traitant,
Nous rappelons les jours prospères
Où l'homme était toujours content.

« Notre main est hospitalière;
L'étudiant, par nous fêté,
S'en va, la bourse moins légère,
Retrouver l'Université.

« Nous déposons dans les masures

Des vivres pour les indigents,

Et, quand les saisons sont trop dures,

Ils viennent jusque chez mes gens.

« J'ai parlé. Miklos, va-t'en vite,

La route a besoin du brigand ;

Mais, avant de quitter mon gîte,

Reprends ton beau sabre d'argent.

« Toi, blonde épouse, ouvre l'oreille :

Je te donne un riche collier,

Dont chaque perle sans pareille

T'empêchera de m'oublier.

« Revaï Miklos, prends pour ta suite

Ces vingt sabres à filets d'or ;

Et, si le pays ressuscite,

Viens ici me trouver encor.

« A Pest, nous descendrons ensemble

Pour frapper le lâche Germain ;

Il nous a vaincus, mais qu'il tremble !

Arpad peut triompher demain. »

L'œil sanglant, Janossik achève,

On lui répond par des bravos,

Et saluant, chacun se lève

Pour retrouver les noirs chevaux.

On boucle au milieu du silence

Les lourds bagages sur leurs dos ;

Chacun sent son cœur en balance,

Regretter le hardi héros.

Enfin, lorsque tous sont en selle,

Revaï Miklos se retournant

Pour voir Janossik qui rappelle

D'un geste bref son lieutenant :

« Adieu, rochers, grotte profonde,

Brigands par l'Autriche maudits ;

On serait bien mieux sur le monde

S'il était plein de tels bandits ! »

V

BABEL.

Au temps où tous parlaient une langue uniforme,
Les hommes rassemblés vinrent, phalange énorme,
Habiter au couchant la plaine de Sennar ;
Et, se souvenant trop des terreurs du déluge,
Pour défier la mort et confondre leur juge,
Se dirent : « Contre Dieu bâtissons un rempart. »

« Élevons une tour formidable et superbe ;

Que dans les temps futurs elle passe en proverbe,

Pour exprimer d'un mot ce qui touche les cieux ;

Et si la mer jamais débordait son rivage,

Regardant à nos pieds tourbillonner l'orage,

Du sommet de la tour luttons avec les dieux ! »

Et l'Éternel, jaloux de voir cette œuvre fière

Sous de robustes mains s'élever pierre à pierre,

D'étranges visions frappa les travailleurs,

Qui, bégayant alors des langues différentes,

Et se partageant tous en familles errantes,

Pour emplir les cités s'en allèrent ailleurs.

C'est bien ainsi du moins que parle la légende ;

Mais je vois dans Babel une image plus grande,

Un symbole plus beau de ce qui s'est passé

Lorsque le mal, ayant souillé toute la terre,

Les hommes, désireux d'éclaircir le mystère,

Prétendirent résoudre un problème insensé.

« Il faut savoir quel Dieu réside dans la nue :

Sa force nous effraye et nous reste inconnue

Lorsque pèse sa main sur les mères en pleurs.

Allons voir de plus près tourner l'axe du monde,

Nous voulons qu'à la fin une voix nous réponde

Et nous dise pourquoi Dieu créa les douleurs. »

Et la tour s'éleva dans les hauteurs perdue ;

Plus haut que le tonnerre, à travers l'étendue,

Elle monta, géante, où l'air devient glacé ;

De l'éther ténébreux fendit la masse noire,

Et parmi les soleils poursuivant sa victoire,

Dressa dans l'infini son sommet courroucé.

Alors qu'arriva-t-il ? Vit-on quelque visage !

Un spectacle étonnant paya-t-il le voyage ?

Dieu se fit-il connaître aux hommes de la tour ?

On ne sait. Mais pourtant ce dut être sublime,

Puisque, pris de vertige, au travers de l'abîme,

Des hauts degrés de pierre ils tombaient tour à tour.

Et ceux qui, plus heureux, retrouvèrent la plaine,

Y restèrent pensifs, l'âme d'extase pleine,

Sans se comprendre entre eux ni pouvoir s'expliquer ;

Car celui qui voit Dieu dans sa suprême gloire,

S'exprime par élans, se contente de croire,

Et le fixe, muet, sans voix pour l'invoquer !

Ainsi, quand de nos jours, ou Clarke ou Malebranche,

Pour défendre la foi qui chancelle et qui penche,

Élève à l'Éternel un monument pieux,

On se plaint de la nuit qui recouvre leurs pages,

Et le peuple prétend qu'ils sont fous ; mais les sages

Se rappellent comment on redescend des cieux !

VI

DIEU.

O Principe infini, toi que le sage adore,
Sans comprendre tes lois ni juger ta grandeur ;
Toi qui, sur le néant fis rayonner l'aurore,
Et nous donnas pour âme une part de ton cœur ;
Éternel Souverain de l'espace et du vide,
Par qui tournent les cieux sans trouver de repos,
Toi dont la main puissante a sur la terre aride
Fait germer la verdure et suspendu les eaux ;

C'est en vain que vers toi gravite la pensée ;

Il délire bientôt, et s'arrête éperdu,

Le rêveur orgueilleux qui, d'une âme insensée,

Veut parcourir l'espace aux mortels défendu ;

A peine pouvons-nous dénombrer les étoiles

Ou poursuivre la vie au fond des océans ;

Mais ta puissance à toi se cache sous des voiles

Que ne lèveraient pas les antiques géants.

Lorsque la nuit tranquille étend sa robe immense

Sur la terre livrée au paisible sommeil,

C'est alors que le sage à méditer commence

Et voudrait remonter aux portes du soleil !

Si résolu qu'il soit, l'étendue est trop grande,

Sur ses faibles genoux il retombe épuisé ;

Et, rempli de néant, se trouble et se demande

Pourquoi ce joug cruel à son cœur imposé.

Mais bientôt dans son sein la force se réveille,

Son esprit tressaillant sent l'immortalité ;

Pour te chercher encore il prolonge sa veille,

Et voit de l'univers la force et la beauté.

En roulant sur son front, les astres le transportent,

Il parcourt l'étendue ouverte sous ses yeux ;

Demande aux univers quels piliers les supportent,

Et, toujours s'exaltant, touche au terme des cieux.

Là, sur un trône d'or qu'environne une flamme,

Siége, sans forme et seul, le Principe éternel,

Qui, du haut de l'Éther, tient les fils de notre âme,

Et nous suit ici-bas d'un regard paternel.

Là, cessent les désirs et l'affreuse torture

Qui chasse le penseur vers l'espace inconnu ;

C'est là qu'il trouve enfin le mot de la nature

Et qu'il comprend pourquoi le Sauveur est venu.

O Seigneur tout-puissant, dominateur des mondes,

Toi qui donnes l'essor à la création,

Qui dans leur lit d'azur fais bouillonner les ondes

Et chatoyer l'éclair comme une vision ;

3.

Accorde dans mon cœur le réel et le rêve,

Explique-moi la vie, et qu'au ciel emporté

De l'âme qui soupire et du flot sur la grève

En toi, Maître infini, je trouve l'unité.

VII

LA SORTIE DE L'ENFER.

Heureux les monts lointains, bienheureuses les plaines
Où le pied du passant n'a jamàis rencontré
La mort au pâle front dont les mains inhumaines
Closent trop bien l'enfer quand un homme est entré.
Trois braves sont debout auprès du seuil immonde,
L'un veut partir en mai, l'autre après la moisson,
Mais tous trois sont d'accord pour voir encor le monde
Car l'air qui souffle ici, leur donne le frisson ;

Une fille défunte, à blonde chevelure,

Veut aussi retourner au village natal,

Dans les fleurs du printemps saluer la nature,

Tremper sa lèvre rose aux sources de cristal.

« Emmenez-moi là-haut où sanglote mon frère ;

Ma mère pleure aussi, je la veux embrasser ! »

« — Qui rit là-bas si fort ? Pauvre enfant, c'est ta mère,

C'est ton frère chéri, qui s'apprête à danser. »

VIII

LA COMTESSE IDA.

Près de Mosnang, sur la bruyère
S'élève un château bien connu :
Celui de la comtesse altière
Qui porte un faucon, le poing nu !

Ce soir, on y fait grandes fêtes,
Les invités y sont nombreux ;
Et l'hydromel, troublant les têtes,
Y trahit plus d'un amoureux.

Le comte à grands pas dans les salles

Va, vient, se promène affairé,

Ébranlant sous ses pieds les dalles

Où se voit son blason doré.

Aux gais ménestrels il fait signe

De bien réjouir tous les cœurs,

Lorsqu'ils vont de travers, trépigne

Ou leur jette des mots moqueurs.

Mais, écoutez ! dans la grand'chambre

Tout est par la ronde emporté ;

Les sanglots du vent de décembre

Sont moins bruyants que leur gaîté.

Voici que derrière une porte,

Entre les deux mains d'un vassal,

Le comte, que la rage emporte,

Surprend son anneau nuptial.

Aussitôt le voilà qui tonne ;

Et pendant que sa voix grandit,

Sur la comtesse qui s'étonne,

Prompt comme l'éclair, il bondit :

« Va-t'en, ô créature infâme,

Retrouver ton serment faussé ;

Je te hais, tu n'es plus ma femme,

Qu'on la jette dans le fossé ! »

Pour la sauver, pas un ne bouge :

Pendant qu'on s'éloigne alentour

Trois malandrins à barbe rouge

La lancent du haut de la tour.

Quant au valet perfide et traître

Qui reçut de honteux baisers,

Il a bientôt, grâce à son maître,

Les os rompus, les flancs brisés.

Car à son cheval on l'attache,

Et, dans la montagne traîné,

Son sang vermeil coule et fait tache

Sur son pourpoint déboutonné.

Le comte, dans son oratoire,

Où son cœur commence à pleurer,

Voit, couvert d'une robe noire,

Un moine à tête chauve entrer :

« Hier, j'ai vu de ma fenêtre

S'abattre à la tienne un corbeau,

Tu peux me croire, je suis prêtre,

Qui t'a dérobé ton anneau.

« Ton vassal l'a pris sur la route,

Au soleil le voyant briller ;

Avant de condamner, on doute,

Adieu, tu n'es qu'un meurtrier !

« Mais sache au moins, âme emportée,

Que la comtesse, se sauvant

Sur des buissons qui l'ont portée,

S'est faite sœur dans un couvent.

« De Fischingen tu vois le faîte,

C'est là qu'elle reste à prier ;

Bien plus qu'elle, courbe la tête,

Adieu, tu n'es qu'un meurtrier ! »

A cheval le comte s'élance,

A Fischingen il va frapper ;

Rien ne répond que le silence :

« Que ne suis-je un ver pour ramper ! »

Le comte regarde la porte

Dont les ais sont garnis de fer ;

Pour la briser, elle est trop forte,

Autant vaudrait forcer l'enfer.

Alors, d'une voix suppliante :

« Ida, j'ai péché par amour ;

Si ma main, hélas ! est sanglante,

Mon cœur est comme au premier jour.

« Reviens-moi, toujours pure et chaste,

Nous élèverons un tombeau

Pour le vassal qu'un jour néfaste

Rendit victime du corbeau ! »

Le comte écoute, un chœur résonne,

Son chant traverse la forêt

Où murmure le vent d'automne

Qui soupire comme un regret :

« Heureuses les âmes fidèles

Que Dieu remplit de saints amours ;

O chérubins, ouvrez vos ailes,

Elles sont à vous pour toujours ! »

IX

DEUTSCHLAND !

Salut ! pays charmant où les vierges sont blondes,
Où les cœurs innocents savent encore aimer,
Où la nymphe légère appelle sous les ondes
Le rêveur bienheureux que sa voix sait charmer ;
Où près des lacs d'azur les filles de la brume,
Berçant dans leurs bras blancs les poëtes rêveurs
Sur les lyres d'argent que leur souffle parfume,
Mêlent à leurs accents celui des flots en pleurs !

Je songe à toi toujours, région des merveilles,
Sous tes ombreux tilleuls je crois toujours errer ;

J'écoute sur tes prés murmurer les abeilles,

Et dans tes verts gazons les ruisseaux soupirer ;

Je m'approche à pas lents d'une fille ingénue

Qui, pour voir l'étranger, lève ses grands yeux bleus,

Et tourmentant mon cœur dans ma poitrine émue,

Redit un chant d'amour en regardant les cieux !

Muse de Germanie, ô fille des vieux âges,

Qui malgré de longs jours as gardé ta beauté ;

Ton front étincelant fait soupirer les sages,

Car dans ton chaste sein frémit la volupté.

Sous ta peau transparente un jeune sang bouillonne,

Des parfums provoquants embaument ton séjour,

Et si dans les grands bois tu rêves en automne,

Ce qui trouble ton cœur, c'est encore l'amour.

Toi seule sais chanter le tourment qui fait vivre

Et le rêve incessant, et le craintif désir ;

Toi seule, sur la coupe où le breuvage enivre

Mets un voile doré pour cacher le plaisir;

Et lorsqu'un amoureux aux bras de sa maîtresse,
Sans regard et sans voix, expire de langueur,
C'est toi dont le sourire, ô pudique déesse,
Change l'instinct grossier en voluptés du cœur !

Puissé-je avant ma mort, qui ne tardera guère,
O terre maternelle, en ton sein m'abriter !
Prépare un frais tombeau qu'environne le lierre
Où la France jamais ne viendra m'insulter !
Cache-moi dans ton sein, fille de la nature,
Fais soupirer sur moi tes plaintifs chalumeaux ;
Et que l'ébénier jaune, entr'ouvrant sa verdure,
Répande sur mon sein les fleurs de ses rameaux !

J'ai vécu, plein d'amour, dans tes forêts divines,
A tes libres torrents je me suis abreuvé ;
J'ai poursuivi l'argus dans tes fraîches ravines,
Dans tes bois murmurants, j'ai dormi, j'ai rêvé ;
Et lorsque la nature, oubliant les poëtes,
Se couvrait de glaçons aux souffles des hivers,

Dans tes chanteurs chéris j'ai retrouvé ces fêtes

Qui dilatent le cœur sous les grands chênes verts.

M'abreuvant d'infini sous l'ombre des feuillages,

J'ai, dans mon sein avide, absorbé l'univers,

Et les purs sentiments, et les doux paysages,

En mon âme ont tracé leurs fantômes divers.

Fichte m'a transporté dans un monde invisible,

D'où, penseur triomphant, je regarde à mes pieds

S'agiter l'âme humaine et le monde sensible,

Voiles mystérieux au hasard dépliés !

Mais je ne dépends plus de tout ce qui m'entoure,

Le foyer de mon cœur enfin s'est affranchi,

Et ce monde, qu'il faut que tout homme parcoure,

Dans la lutte engagée a le premier fléchi.

Maître du ciel immense, autour de moi j'appelle

La forme et la couleur, dociles à ma voix,

Et je peins en mes vers, à l'amitié fidèle,

La Muse d'Allemagne, errante au fond des bois.

X

L'AME DU CHANTEUR.

A travers vallons et montagnes
Un chanteur passait une fois,
Ayant avec lui pour compagnes
Sa harpe, son âme et sa voix.

Et lorsque vint sa dernière heure,
S'arrêtant au bord des sentiers
Où l'oiseau noir fait sa demeure,
Il appela ses héritiers.

Au vent du soir, il dit : Mon frère,

Prends ma harpe et fais-la pleurer

En longs accords dans la bruyère

Où la brise vient soupirer.

Au saule, dont la feuille tremble

Sur les tombes, il dit ces mots :

« Mon âme et toi, chantez ensemble,

Qu'elle habite dans tes rameaux ! »

Enfin, au rossignol sauvage

Il donne sa plaintive voix ;

Et depuis lors tout le village

Sanglote en traversant le bois.

XI

LA FONTAINE DES RÊVES.

Il est une fontaine à deux pas de Vérone
Dont le filet d'argent coule sur le gazon ;
Le lierre se balance au toit qui la couronne,
Un cercle de tilleuls y ferme l'horizon.
Sa muraille moussue à peine tient encore,
Un brusque vent d'hiver la pourrait renverser ;
Mais elle se soutient sur un vieux sycomore
Dont souvent les rameaux voient les filles danser.

4

Leurs yeux sont trop brillants pour mon âme rêveuse ;

Je les laisse chanter, les dimanches, en paix,

Et fuyant leurs refrains et leur gaîté moqueuse,

Je cherche le silence au fond du bois épais.

C'est lorsque le lundi les rappelle à leur tâche,

Qu'à mon tour, indolent, je viens au frais ruisseau

D'un flottant idéal m'abreuver sans relâche

En voyant les tilleuls se courber en berceau.

Quand un folâtre vent les agite avec grâce,

Mon cœur, léger comme eux, suit tous leurs mouvements ;

Il fuit, rapide oiseau, lorsque la brise passe,

Il ondule à grands flots comme les prés dormants.

La nature et mon cœur sont une même chose,

Ils vivent en commun, l'un à l'autre enlacés ;

Le souffle de mon âme est un parfum de rose

Qui sort des verts rameaux en guirlandes tressés ;

Mes rêves inquiets se baignent dans la source

Dont les ondes d'argent tremblent parmi les fleurs,

Et quand le vent d'hiver en arrête la course,

Il suspend à mes yeux le cristal de mes pleurs.

O fontaine tranquille, auprès de toi je rêve,

De feuilles recouvert comme autrefois Daphné ;

Des arbres dans mon sein je sens frémir la séve

Qui pénètre mon cœur en flot passionné.

Je m'unis avec vous, plantes, forêts, feuillage,

Source mélodieuse au courant virginal ;

Rameaux mystérieux, j'entends votre langage,

Faites-moi palpiter dans le monde idéal.

Si pour la foule, hélas ! muette est la nature,

Parlez au cœur aimant qui chérit votre voix ;

Et lorsque dans mon âme il s'élève un murmure,

Que j'entende aussitôt me répondre les bois !

Les jours vont revenir où l'homme encor prophète

Surprendra le secret à nos pères caché ;

Ne vous semble-t-il pas que l'univers s'apprête

A deviner le mot par les penseurs cherché ?

La nature et l'esprit ne feront qu'une essence,

L'idéal au réel à jamais s'unira ;

Et par leur hypostase, accomplie en silence,

L'homme, le monde et Dieu, tout s'évanouira.

XII

ELISABETH BATHORY.

Tous les deux mois dans le village
Une fille vient à manquer :
C'est la plus belle et la plus sage,
On ne sait quel saint invoquer.

Le soir on cause sur les portes,
On ne s'aborde qu'en tremblant,
Car bientôt on les trouve mortes,
Le cœur percé, le front tout blanc.

Voici qu'une clameur commence

Quand leur nombre monte à trois cents;

Le village, criant vengeance,

Maudit les soldats impuissants.

Vers le château de la comtesse,

Une troupe de villageois,

Dans l'angoisse qui les oppresse,

S'en vont en élevant la voix.

Un soldat ferme la poterne,

Il fait tourner le pont-levis;

Et tout le château se consterne

Voyant la foule vis à-vis.

Déjà les archers se préparent

Postés derrière les créneaux;

De leurs arcs d'ébène ils s'emparent,

Ils ajustent les fauconneaux.

Sur un signe de la comtesse

Le pont-levis s'est abaissé;

Près d'elle la foule se presse

En se rapprochant du fossé.

« Nos enfants sont morts, ô justice,

Noble comtesse Bathory;

Que leur vil meurtrier subisse

La corde après le pilori. »

Ainsi parle d'une voix fière

Beldi, le serf du Palatin,

Qui, dans son oraison altière,

Mêle le hongrois au latin.

Il est beau ! Bathory l'admire :

« Demain tu viendras me trouver;

Lui dit-elle, avec un sourire;

Rien de mal ne peut t'arriver.

« Pour vous, amis, soyez sans crainte,

Si vos enfants sont morts, hélas !

Le meurtrier à notre atteinte

Plus longtemps n'échappera pas.

« Il faut qu'il traîne sur la roue

Ses membres tordus et démis,

Et qu'on le marque sur la joue

Pour les crimes qu'il a commis. »

La foule lui répond joyeuse :

« Adieu, comtesse Bathory, »

Et s'en revient moins soucieuse

A travers le trèfle fleuri.

Pour Beldi, sa tête travaille,

La comtesse ce soir l'attend ;

Mais il jette sur la muraille

Un long coup d'œil en hésitant.

Rentré chez lui, lorsque la lune
Brille sur le bois endormi,
Il met sous sa casaque brune
Un poignard, son fidèle ami.

D'un capuchon couvrant sa tête,
A la poterne il vient sonner ;
La lame dans sa main est prête
Dès qu'il voit la porte tourner.

Une femme à lui se présente,
A peine l'entend-t-on marcher :
« Ce soir, la comtesse est absente,
Mais on t'attend, viens-tu, boucher ?

« Pour son bain, nous avons deux filles,
Hier surprises dans le pré ;
Le cachot les tient dans ses grilles,
Car il nous faut leur sang pourpré. »

Sans rien dire de la méprise,

Beldi va d'un pas résolu,

Mais son pied qu'à peine il maîtrise

Fait craquer le pont vermoulu.

Il traverse paliers et salles,

Corridors aux plafonds voûtés,

Planchers vernis et larges dalles

Qu'ornent des écussons sculptés.

Le voici perdu dans les caves :

Il entend un gémissement,

Et voit deux filles aux yeux caves

Qui se plaignent languissamment.

« Il faut du sang pour la baignoire,

Dit la camériste à Beldi ;

Prends garde, car la chambre est noire,

Il y fait sombre en plein midi.

« Frappe-les d'un coup sous l'aisselle,

Dans la cuve renverse-les ;

Que par ici leur sang ruisselle,

Le marbre est percé tout exprès. »

Sans répondre Beldi la frappe

D'un seul coup porté dans le cœur ;

Pendant que son âme s'échappe,

De son sang monte une vapeur.

« Puisqu'il te faut du sang, comtesse,

Du sang pour baigner ta beauté,

Viens me donner une caresse,

Un poignard luit à mon côté. »

Puis aux filles qui se rassurent,

Il dit : « Enfants, relevez-vous. »

Et les deux captives l'adjurent,

Elles embrassent ses genoux.

« On a commis une méprise,

C'est le bourreau qu'on attendait ;

Mais si la comtesse est surprise,

Filles, tracez-lui mon portrait.

« Pour moi, je m'en vais au village

Ameuter tous les paysans,

Ici les amener en nage

Pour qu'ils frappent des coups pesants ! »

Il fuit sans vouloir rien entendre,

Au hasard trouve son chemin ;

Défiant l'archer qu'il voit tendre

Son arc d'une robuste main.

« Si le pont est levé, qu'importe !

En franchissant le vert fossé

Sans toi je trouverai la porte, »

Dit-il d'un accent courroucé.

Il fend les eaux avec mystère,
Un trait sur sa tête a sifflé,
Mais il s'enfonce dans la terre,
Adieu, l'oiseau s'est envolé !

Toutes les portes du village,
Il les ébranle en maugréant ;
Et chacun, montrant son visage,
L'écoute, et puis reste béant.

Mais bientôt la fureur s'élève,
La rage a chassé la stupeur ;
Et chacun, sortant de son rêve,
Demande aux autres s'il a peur.

Au milieu de rumeurs immenses,
Par la colère consumés,
De fourches, de pieux et de lances,
Au hasard tous se sont armés.

Les voici, remplissant la route,
Où leur marche trouble la nuit ;
Élisabeth qui rentre, écoute
Son nom par la foule maudit.

Elle aperçoit déjà la torche
Que le vaillant Beldi soutient :
Comtesse, garde bien ton porche,
Voici la vengeance qui vient.

Pour que ta chair fût toujours fraîche,
Il te fallait un sang nouveau ;
Puis deux valets, prenant la bêche,
Creusaient un funèbre caveau.

Aujourd'hui le destin te livre
A ceux dont tu brisas les cœurs ;
Écoute les clairons de cuivre
Sonner ton glas, comtesse, et meurs !

Dans le fossé voici la foule

Qui se précipite en hurlant ;

Elle se presse, monte, roule,

S'accroche aux bras du pont tournant.

En vain la herse avec sa grille

Ferme la porte du rempart ;

Beldi, dont l'œil fiévreux scintille,

Parle et trace à chacun sa part :

« Grimpe au poteau, frappe la herse,

Prends les archers par le revers ;

Ils combattront, mais Dieu renverse

Celui dont le cœur est pervers ! »

Alors on commence le siége :

Les traits volent de tous côtés ;

Ainsi l'hiver tombe la neige

Sur les hameaux mal abrités.

De soldats le rempart fourmille,

On en voit plus d'un culbuter;

La flèche court, la poix pétille,

Mais à l'assaut il faut monter !

La comtesse, en main sa bannière,

Passe, méprisant le danger ;

Pour un jour elle est prisonnière,

Laissez-la plus tard se venger.

Ses yeux et son cœur sont en rage ;

Bravo, fille des Bathory,

Bien digne avec un tel courage

D'avoir un Hongrois pour mári.

Exalté par son noble exemple,

Chacun pour elle veut mourir,

Et le soldat qui la contemple

Sent dans son cœur le sang courir.

O Beldi, tu perds la bataille ;

Les paysans découragés,

Mesurant la haute muraille,

Vont partir sans s'être vengés.

Mais, écoutez le son du cuivre

Presser deux mille cavaliers ;

Est-ce un parti qui la délivre,

Des ennemis ou des alliés ?

C'est le Palatin qui s'avance,

La comtesse est pleine d'effroi ;

Car, prenant son glaive et sa lance,

Il vient pour appliquer la loi.

Résister est chose inutile :

« Ouvrez la porte à deux battants ;

Au comte ici nul n'est hostile,

Sonnez, ô clairons éclatants ! »

La comtesse ainsi toujours fière
Se livre elle-même au danger ;
Et la foule, toujours grossière,
Vient près d'elle pour l'outrager.

« Vengeance, ô Palatin, vengeance,
Abaisse ton bras tout-puissant
Pour punir un monstre en démence
Qui se baignait dans notre sang ! »

« Taisez-vous, je ferai justice,
Mais que nul n'élève la voix,
Sinon je l'envoie au supplice :
Regardez les arbres du bois ! »

Sur l'heure les barons s'assemblent
En haute cour pour la juger ;
Mais comme elle est très-belle, ils semblent
Disposés à la protéger.

Les valets mis à la torture
Révèlent tout, sans rien cacher :
Comtesse, que ton âme est dure !
Tu mérites bien le bûcher.

Eh quoi ! du sang plein ta baignoire
Pour conserver ferme ton sein ;
Le peuple en va faire une histoire,
Maudissant ton cœur assassin.

Quand tous sont entendus, se lève
De son siége le Palatin :
« Courageux Beldi, prends mon glaive,
Sa garde d'or sied à ta main.

« Le château, je veux qu'on le rase
Du faîte jusqu'au fondement,
Et qu'on inscrive sur sa base
La raison de ce jugement.

« Une prison perpétuelle,

Comtesse, te renfermera ;

Pour tes gens, devant la chapelle,

Demain soir on les brûlera.

« Telle est ma volonté suprême,

O peuple, tu grondes en vain,

Car on ne peut punir de même

La noble dame et le vilain. »

XIII

A EDMOND DELIÈRE.

Lorsque je dormirai dans ma tombe tranquille,

Laissant derrière moi le parfum de mes vers,

Doux rêveur, en lisant Théocrite ou Virgile,

Viens t'asseoir à mes pieds sous les ifs toujours verts.

Ranime encor pour moi la Muse pastorale,

Parle-moi des grands prés, du chèvrefeuille en fleurs,

Et dis à tous comment mon âme virginale

Aux rameaux printaniers a suspendu ses pleurs !

XIV

LA CAVERNE.

Dans un lieu plein d'horreur comme l'antique Avernc,
Au milieu de la nuit se trouve une caverne
Où le soleil jamais n'a, d'un rayon joyeux,
Mûri les douces fleurs ni récréé les yeux ;
L'atmosphère est sinistre; une lueur tremblante
S'échappe lourdement de la lune sanglante,
Et jette sur les eaux qui coulent avec bruit
Une fausse clarté plus morne que la nuit.

5.

Tout autour le cyprès, le lugubre mélèze,

Étendent leurs rameaux dans une ombre qui pèse,

Cachant sous leur feuillage, empli de lourds brouillards,

Les lugubres choucas et les hiboux criards.

Dans les sentiers brûlés par les sucs de la terre,

L'ivraie aux noirs épis, se dressant solitaire,

Courbe sa tige froide où circule un poison,

Pour flétrir sous ses pieds la fraîcheur du gazon.

Mais ces rauques torrents, dont la voix épouvante,

Cette atmosphère hostile à toute âme vivante,

Ces bois silencieux, ce ciel triste et voilé

Que les feux du midi n'ont jamais étoilé,

Ne sont rien comparés à la caverne immonde

Qui, pour l'envenimer, s'entr'ouvre sur le monde.

Là, dans un demi-jour, la guivre et le serpent

Sur un terrain fangeux se traînent en rampant ;

Le lion, accroupi dans l'ombre de la roche,

Effraye en rugissant le bœuf roux qui s'approche,

Et le tigre rayé, contractant son museau

En aspirant le sang, tremble comme un roseau.

Dans des marais géants, les crocodiles sombres,

Levant leur dos rugueux, flottent comme des ombres ;

Et près d'eux, le requin aux mâchoires d'acier

Poursuit avidement le poisson carnassier.

Partout des os brisés où la chair tient encore,

Partout le sang rougeâtre en brume s'évapore ;

Et l'on entend partout, dans cet antre effrayant,

Des animaux hideux, hurlant, mangeant, broyant,

Cependant qu'à leurs cris une éternelle plainte

Se mêle dans la nuit qu'elle remplit de crainte !

Vous frémissez peut-être, ô mortels insensés,

De l'Éden bienheureux pour vos crimes chassés ;

Et demandez, niant cette sanglante orgie,

Quel poëte inventa cette mythologie ?

Mais l'abîme sans nom, par des monstres hanté,

Vous le connaissez tous, car c'est l'humanité !

XV

LES DEUX PÉCHÉS.

La fille aux yeux naïfs était devant sa mère
Qui lui dit, sérieuse : « Écoute, mon enfant,
Si tu veux sans rougir entrer au presbytère,
Il est deux gros péchés que l'Église défend.

« Sage comme ta mère et comme ton aïeule
En face de ton rouet fredonnant ta chanson,
Ne soupire jamais lorsque tu seras seule,
Et jamais en jouant n'embrasse un beau garçon. »

— « O mère, dit l'enfant, mais c'est trop difficile ;

Lorsque la fleur d'argent paraît sur le pommier,

Fuir ton second péché serait peine inutile,

Car alors il faut bien commettre le premier. »

XVI

KONT.

Imité de Garay.

Trente Hongrois s'en vont vers Bude,

Trente Hongrois que la mort suit;

Dédaigneuse est leur attitude :

C'est le fier Kont qui les conduit.

Vaïdafi, servant l'Autriche,

Les a livrés par trahison;

Pèse bien l'or qui te fait riche,

La honte couvre ta maison !

On les insulte, on les enchaîne
Pour avoir aimé leur pays ;
Devant l'empereur on les traîne :
« A genoux, toi, Kont, obéis ! »

Ainsi parle avec arrogance
Sigismond, le hautain César,
Que le hasard de la naissance
A fait empereur par hasard.

Mais Kont, mugissant de colère,
D'abord trouve à peine ses mots ;
Il gronde, chêne séculaire,
Dont le vent tord les hauts rameaux :

« Si quelqu'un doit courber la tête,
Dit-il enfin, se redressant,
C'est toi, serpent à rouge crête,
Qui t'es nourri de notre sang.

« Toi qui nous traites de rebelles,

Des Césars enfant avorté,

Tu sais bien qu'au pays fidèles,

Nous mourons pour la liberté.

« Si la Hongrie, infime esclave,

Dort aujourd'hui dans la torpeur,

Contemple un héros qui te brave,

C'est Kont, qui n'a jamais eu peur.

« A mes côtés, prince, regarde

Trente héros les fers au poing ;

Mais tu peux appeler ta garde,

Ils ne s'agenouilleront point. »

Sigismond s'agite et frissonne,

La colère va l'emporter,

Car il est César, et personne

N'osa jamais lui résister.

« Traître, dit-il, que ma vengeance
Épouvante tous tes pareils;
Je suis le maître, et qui m'offense
S'en va dormir de lourds sommeils. »

Un signe de sa main royale
Fait alors lever le bourreau,
Et l'on voit briller dans la salle
Un large glaive sans fourreau.

La garde pâlit d'épouvante,
Kont et les siens n'ont pas tremblé;
Mais une rumeur alarmante
S'élève du peuple assemblé.

« A genoux, si vous voulez vivre,
Dit l'empereur plus irrité,
Obéissez, ou je vous livre
Au tombeau pour l'éternité. »

Chacun des héros sans répondre

Reste plus ferme qu'un pilier ;

Sigismond ne peut les confondre,

Ni l'effroi les faire plier.

Car qui souffre pour la patrie

Sent se répandre dans son cœur

Un baume quand on l'injurie,

Et sourit à l'exécuteur.

« A l'échafaud qu'on les emmène,

Et toi, bourreau, fais ton devoir ! »

Et le peuple, baisant leur chaîne,

Les suit cependant pour tout voir.

La hache tombe, tombe encore ;

Quel noble sang s'est répandu !

Hongrois, c'est vous qu'on déshonore,

Votre pays est-il perdu ?

De la foule une voix s'élève,

Mais, hélas ! une faible voix,

Comme celle qu'écoute en rêve

Le songeur caché dans les bois.

C'est le peuple qui se lamente ;

Magyars, à quoi bon pleurer,

Lorsque de la hache fumante

Le tranchant va tout dévorer !

Qui donc, resté seul sur les planches,

Fixant le bourreau d'un œil fier,

Semble un chêne aux robustes branches

Qui résiste à l'assaut du fer ?

C'est Kont aux cheveux blancs de neige ;

Dominant les hideux valets,

Et prenant le billot pour siége

Il dit ces mots, écoutez-les :

« Vous tous qui remplissez la place,

Ne me croyez pas criminel;

Au contraire suivez ma trace

Quand viendra l'heure de l'appel !

« A la mort livrés par un traître,

Nous cueillons un laurier sanglant;

Mais, Hongrois, un jour va paraître

Funeste au vainqueur insolent.

« Bientôt à la Hongrie en larmes

Un drapeau sera présenté ;

Beau pays, sers-toi de tes armes

Quand le clairon aura chanté. »

Il achevait; sa tête roule,

Le soleil s'obscurcit alors,

Le ciel devient morne, et la foule

Plaint les héros qui sont tous morts.

Et, de sa demeure lointaine,

D'où la prudence veut partir,

Sigismond, que sa cour entraîne,

Entend les pavés retentir.

Sur les grès le levier résonne,

Des chemins ils sont arrachés ;

Enfant blond, vieillard qui grisonne

Lapident de loin les archers.

C'est l'émeute enfin qui commence,

Lorsque le sang rouge est versé ;

Mais quand donc, ô peuple en démence,

Cesseras-tu d'être insensé !

XVII

AU BAL.

Si j'étais au désert le cavalier numide
Qui cherche le sentier dans le marais humide
Pour surprendre sa proie et la guette à l'écart ;
Enfonçant l'éperon aux flancs de ma monture,
Je voudrais comme lui faire aussi ma capture,
Et poursuivre, hardi, l'agile léopard ;

Comme le Sarrasin qui noircit loin du pôle,

Je courrais au hasard un épieu sur l'épaule,

Battu par le sémoun et du soleil brûlé ;

Et pour te rapporter une noble conquête,

Ma forte main toujours, ô Jeanne, serait prête

A battre le buisson par le tigre foulé !

La peau du léopard irait bien à ta taille,

Parure du héros, symbole de bataille,

Elle sied à ton cœur qui vit pour dominer ;

Et lorsque dans tes yeux une étoile rayonne,

Le pâle soupirant qui recule et s'étonne,

Te prend pour un lion qu'il faudrait enchaîner.

Mais nous sommes au bal où le joyeux quadrille

Fait tinter ses grelots sur le parquet qui brille,

Nulle part le désert et sa sublime horreur ;

Seulement dans un coin qu'éclairent mal les lampes,

Un cavalier tenant ses deux mains sur ses tempes

Sent tes ongles d'acier lui déchirer le cœur !

XVIII

STROPHES A VICTOR HUGO.

Pour qui les fleurs et leur arome,
Pour qui le beau soleil qui luit,
Pour qui le ciel au large dôme,
Pour qui les perles de la nuit?

Pour qui les longs replis des fleuves,
Pour qui le murmure des bois,
Pour qui la sombre fleur des veuves,
Pour qui les flots verts et leur voix?

C'est pour Dieu qui rit dans son âme
En voyant vivre la forêt,
Où l'étang luit comme une flamme
Dès que le soleil y paraît.

Pour qui les tombeaux et les plaintes,
Pour qui les cris, pour qui les pleurs,
Pour qui les regrets et les craintes
Qui par degrés rongent les cœurs ?

Pour qui les fosses solitaires,
Pour qui les lugubres flambeaux,
Pour qui les sinistres mystères
Qu'on accomplit sur les tombeaux ?

C'est pour l'homme, effrayant problème
Qui passe sous les rameaux verts,
Le front pâle, et sans savoir même
S'il est distinct de l'univers.

XIX

EXALTATION.

A M. R. V.

Et quiconque ne fut pas trouvé écri
dans le livre de vie, fut jeté dans l'étang
de feu.　　　APOCALYPSE.

Dans les sentiers secrets où la muse indolente

Mariant ses concerts à la voix des oiseaux,

Aux lueurs du couchant, se promène, plus lente,

Comme un blanc nénufar qui flotte sur les eaux ;

Vous avez gourmandé tous les rêveurs sans force,

Et vous leur avez dit : « Ce n'est pas le moment

De graver, rougissant, un nom sur une écorce,

De soupirer en vers un amoureux tourment.

« Le monde est là, méchant, qui poursuit de sa haine
Les poëtes divins pour les persécuter ;
Formez entre vous tous une invincible chaine,
Sachez vous soutenir et vous faire écouter !

« Depuis les jours anciens où mendiait Homère,
Où le grand Camoëns mourait à l'hôpital,
La poésie, hélas ! vidant la coupe amère,
A vainement lutté contre un destin fatal. »

Oui, les temps sont venus de conquérir le monde,
Emparez-vous de lui, vous qui venez des cieux ;
Attaquez le serpent dans sa caverne immonde,
La fortune sourit à l'homme audacieux.

Car, frères, sachez-le, l'homme est né pour combattre ;
Si l'insensé menace, il faut dompter sa voix ;
Portez votre drapeau sans vous laisser abattre,
Vous avez la vigueur, ô fiers enfants des bois !

6*

C'est une loi d'amour qui règne sur la terre,

Mais le front du serpent, chacun peut le frapper;

On t'a longtemps blessée, aujourd'hui muse austère,

Provoque avec le dard que ta main sut tremper.

En avant! en avant! le jour se précipite,

Partout le mal hideux a dompté la vertu;

Le cœur de l'homme juste en s'effrayant palpite,

Si Satan triomphait, chanteur, que dirais-tu?

Pour te faire écouter, prends le fouet d'Archiloque.

Car tu dois tour à tour aimer, gronder, haïr;

Aussi bien que l'amour la haine a son époque,

Et quand les pleurs sont vains, il faut faire frémir!

Trop longtemps tu portas enlacés en couronne

Le timide bluet et le pavot vermeil;

Sache vivre à présent, écoute, le ciel tonne,

Des nuages cuivrés ont couvert le soleil.

N'entends-tu pas au loin se révéler l'orage ?

Le poumon inquiet se dilate et pressent;

Le moment va venir, ô poëte, courage,

Où de sa forte main Dieu venge l'innocent !

Que ce monde mauvais soit tordu comme un glaive

Qu'on jette dans la poudre après l'avoir maudit;

Et que, de toutes parts, un long sanglot s'élève,

Accomplissant l'arrêt par l'apôtre prédit !

Si comme un sac de poil, le soleil dans la nue

Épouvante les cieux; si les astres sanglants,

Suivant hors de leur route une voie inconnue,

Laissent pleuvoir le feu sur les hommes tremblants;

Si toute créature arrachée à son rêve,

S'effraye avec justice, entendant le clairon ;

Si l'Océan grondeur déborde sur la grève,

Aux mains du matelot surprenant l'aviron;

C'est que voici longtemps que la muse proscrite
A rencontré partout la misère et l'affront;
Ah ! lisez bien la Loi sur la muraille écrite,
Vous qui d'un vil outrage avez souillé son front !

Le poëte sacré, l'enfant du Dieu suprême,
Fait gronder aujourd'hui la corde du combat;
Sur lui comme sur Dieu vous jetiez l'anathème,
Mais prenez garde à l'heure où l'ouragan s'abat !

Le voyez-vous monter, grossir, grandir encore,
L'entendez-vous hurler de sa puissante voix ?
Du sort qui vous attend c'est la sinistre aurore,
Vous qui tuez le Juste et blasphémez la croix.

Vous avez présenté l'âcre coupe à ses lèvres,
Sur le noir chevalet votre main l'a cloué ;
Et le voyant bien mort, dans vos stupides fièvres,
Vous avez dit souvent : « Le Seigneur soit loué ! »

Descends sur moi, fureur qui troublais les prophètes,

Grande âme d'Isaïe égorgé par un roi !

Voici pour le vautour de bien splendides fêtes,

Le Vengeur apparaît pour accomplir la loi !

Roulez sur eux, rochers, qui tremblez sur vos bases,

Écrasez-les vivants, dans leur pourpre drapés !

O fiel de la colère, empoisonne leurs vases !

Ils croyaient vaincre Dieu, mais ils se sont trompés.

C'est Lui qui les combat, et le poëte chante ;

C'est Lui qui les combat, sauraient-ils résister ?

Il écrase du pied la vipère méchante,

Tu peux rire, prophète, et tu peux t'exalter !

Rends-leur les longs sanglots qu'a proférés la muse,

Trente siècles d'horreurs et d'infâmes mépris !

S'ils ont soif à leur tour, éloigne-toi, refuse,

Apprends-leur maintenant tout ce qu'ils t'ont appris !

Gonflé d'un fier courroux, célèbre leur défaite,

Quand le coupable expire, un juste doit chanter;

La fosse où vont leurs pieds c'est leur main qui l'a faite,

Qu'ils aillent au tombeau contre Dieu s'abriter !

Mais après l'agonie, une autre encor commence,

Ce n'est rien de crier en tombant sous le fer;

Il faut, pour leurs forfaits, une double vengeance,

Ouvrez vos grands brasiers, fournaises de l'enfer !

O supplices sans nom qu'entrevit le vieux Dante,

O torrents embrasés, étangs pleins de glaçons,

O lac de poix qui bout, et toi, géhenne ardente,

Qui sur les membres nus fais courir des frissons;

Dressez-vous dans mes vers en vision maudite,

Infiltrez l'épouvante aux veines des pervers;

Aujourd'hui, du tombeau la morte ressuscite,

La Poésie encor règne sur l'univers!

Quand elle aura jeté dans la fosse profonde

Tous ces impurs débris d'un peuple condamné,

Alors, des jours heureux brilleront sur le monde,

Et d'une aube de paix il sera couronné.

Déposant son épée, alors le Dieu sublime

Qui montait un cheval sombre comme la nuit,

Sur la tourbe d'en bas refermera l'abîme

Où le lâche soupire, où l'orgueilleux rugit;

Et, sans y plus songer, les poëtes, les femmes,

L'enfant au cœur naïf, le timide rêveur,

Tous ceux dont l'innocence a préservé les âmes,

S'assembleront joyeux sous les pieds du Sauveur !

Salut, jour glorieux ! salut, sainte Solyme,

Qui vois Dieu resplendir sous ton ciel éclatant !

Puisse, agitant sa main sur ta plus haute cime,

Un ange nous crier : « Venez, on vous attend ! »

XX

L'OISEAU BLEU.

Dans l'église du monastère
Matines venaient de finir,
Lorsque Aubry, le plus jeune frère,
Sortit pour voir le jour grandir.

On était dans la saison verte
Où la jacinthe au bois fleurit ;
Où d'un soyeux manteau couverte,
La terre console et sourit.

Les pinsons chantaient dans les chênes,
Les fauvettes dans les bouleaux,
Des chants plus doux que les sirènes
N'en ont jamais dit sur les eaux.

Au bout du pré dont l'herbe tendre
Voit bondir les lièvres peureux,
Le bois touffu faisait entendre
Un murmure mystérïeux.

Pour les fleurs oubliant le cloître,
Aubry s'avançait en secret;
Il sentait son désir s'accroître
De pénétrer dans la forêt.

Le supérieur, d'une voix brève,
L'eût grondé s'il l'eût entendu;
Mais Dieu put-il empêcher Ève
De cueillir le fruit défendu?

Lorsqu'à travers le taillis sombre

Le moine se fut déchiré,

Il vit tout à coup cesser l'ombre

Et rayonner un ciel doré.

Aux arbres tremblaient des fruits roses ;

Et dans le gazon bien nourri,

De blanches fleurs à peine écloses

Semblaient sourire au frère Aubry.

Sur les rameaux d'un chêne immense

Un chanteur à plumage bleu,

En voyant le moine commence

Un chant plein d'extase et de feu.

Sa voix monte jusqu'aux nuages,

Elle semble rire et pleurer,

Pendant qu'Aubry sous les feuillages

Reste muet à l'admirer.

Les heures vont, le jour s'écoule,
Le bel oiseau chante toujours ;
Près de lui le pigeon roucoule
D'une voix tendre ses amours.

En l'écoutant l'univers s'ouvre,
On devine l'œuvre de Dieu ;
Et l'esprit fasciné découvre
Pourquoi là-haut le ciel est bleu.

On lit le secret des étoiles,
Errantes dans les cieux déserts ;
Et l'âme enfin lève les voiles
Qui couvraient l'homme et l'univers.

Le frère se tient en extase
Comme s'il sortait du sommeil,
Comme un serpent né dans la vase,
Qui voit rayonner le soleil.

Jusqu'alors il a vu l'église

Vaste avec ses mornes piliers,

Son clocher où gronde la bise,

Sa tourelle aux noirs escaliers;

Et s'inclinant devant le cierge,

Quand passe le Saint-Sacrement,

Les noms que l'on donne à la Vierge,

L'ont fait songer bien doucement.

Mais le voici dans la nature,

Ici l'édifice est vivant;

L'église verte est sans clôture,

Et ses piliers tremblent au vent.

Ici s'arrête le mystère,

Point de discours à sens douteux,

Car l'oiseau bleu chante à la terre

Les sublimes secrets des cieux!

Enfin, voyant qu'un gris de perle
Commence à teindre l'horizon,
Qu'on n'entend plus chanter le merle,
Que la fleur dort dans le gazon ;

Le frère Aubry reprend sa course,
Mais il marche négligemment,
Sans remarquer que la grande ourse
Est déjà haute au firmament.

Il se réveille dans la plaind :
— « Oh ! que va dire le prieur
En me voyant à la nuit pleine
Traverser les arches du chœur ? »

Le cloître est noir ; tremblant, il sonne,
Son coup résonne dans la nuit,
Mais rien ne remue, et personne
Pour ouvrir ne s'éveille au bruit.

N'espérant plus miséricorde,

Aubry, dont les sens sont troublés,

Sans y songer, saisit la corde,

Et l'agite à coups redoublés.

Voici que des torches scintillent,

La cloche retentit partout;

Des voix parlent, des lueurs brillent,

Enfin les moines sont debout.

Un frère tout blanc se présente :

— « Que veux-tu, dit-il, étranger?

Pourquoi ta main impatiente

Vient-elle ainsi nous déranger? »

Aubry regarde et perd la tête,

Les moines lui sont inconnus;

Un instant au seuil il s'arrête,

Le palpant avec ses pieds nus.

— « Que le Seigneur m'ait en sa grâce !

N'est-ce pas ici le couvent

Où saint Wilfrid, comte d'Alsace,

Prit l'habit de frère servant ?

« Je vois encore la tourelle

Où pria le seigneur abbé,

Pour la sauver, lorsque sur elle

Le tonnerre, un soir, fut tombé.

— « Voilà longtemps, dit un vieux moine,

En cherchant dans son souvenir ;

Mais réponds, novice ou chanoine,

A quel but en veux-tu venir ?

— « C'est bien Aubry que l'on m'appelle ;

C'est ce matin que j'ai quitté

Le monastère et la chapelle

Pour me promener à côté.

« J'ai dix-huit ans, je suis novice,

Désireux de prendre l'habit. » —

Tout autour du frère au supplice,

Il s'élève un rire subit.

« Vieillard, ta tête n'est pas saine,

Regarde donc tes cheveux blancs ;

Tes genoux te portent à peine,

Tes maigres bras sont tout tremblants. »

Alors Aubry se considère :

La frayeur lui coupe la voix,

Car il incline vers la terre

Son dos voûté, ses membres froids.

Il sent partout une faiblesse,

Et les jambes vont lui manquer ;

Enfin, comme chacun le presse,

Tout au long il veut s'expliquer.

Il leur raconte son histoire :

Tous les moines restent flottants;

Car lequel d'entre eux pourrait croire

Qu'il est parti depuis cent ans?

Le prieur seul, d'une voix grave :

— « Rentre au monastère, insensé;

D'un dangereux désir esclave,

A ta perte tu fus poussé.

« Car qui veut sonder la nature,

Y perd sa force et sa vertu;

Elle absorbe la créature,

Tout cœur par elle est abattu.

« Mais puisque Dieu te fait la grâce

De reparaître parmi nous,

Novice, au chœur reprends ta place,

Et va prier à deux genoux.

« Désormais plié sur toi-même,

Ne cherche pas d'autre secret

Que l'amour du Sauveur qui t'aime,

Puisqu'à ta perte il t'a soustrait.

« La science est chose illusoire,

Évitons-la, car c'est écrit :

Moine, tu ne pourrais plus croire,

Si tu sondais trop ton esprit. »

XXI

LA SECONDE JEUNESSE.

Lorsque j'étais enfant, lorsque pudique encore,

Flottait autour de moi, comme une blanche aurore,

Un idéal divin qui sortait de mon cœur ;

Que, fixant mes regards sur le ciel sans nuages,

J'y voyais des yeux bleus et de charmants visages

Sourire vaguement à mon âme, leur sœur !

7.

Alors je ne rêvais que de célestes choses,
La terre autour de moi faisait croître les roses,
Dans mon âme régnait une tranquille paix ;
Et lorsque sur les prés descend la nuit confuse,
J'allais silencieux, pour retrouver la Muse,
Épier son étoile au fond des bois épais.

Alors je chérissais et la terre et les hommes ;
Ignorant leurs défauts et le peu que nous sommes,
Mon cœur brûlant d'amour, les voulait embrasser ;
Et maudissant la loi qui nous rend tous esclaves,
Je sentais en mon sein tourbillonner des laves
Lorsque j'en voyais un, sans me parler, passer !

Mais lorsque j'eus senti quel venin les consume,
Quel poison âcre enduit leur épée ou leur plume,
Je reculai d'horreur, de mépris les frappant ;
En même temps je vis le mal dans la nature,
Et, replié sur soi, mon cœur à la torture
Souhaita la dent creuse et le dard du serpent !

Fatigué cependant de supporter ma haine,

Je cherchai dans mon cœur une suave haleine,

Les fleurs de mon printemps je les sus ranimer ;

Et, recréant en moi ce qui manquait au monde,

Je retrouvai bientôt une paix plus profonde,

Car le Seigneur du ciel m'avait fait pour aimer.

XXII

LA CITÉ FUNÈBRE.

Il est une cité dont la lugubre enceinte
　　Consterne tous les yeux ;
On n'y voit ni palais, ni dôme, ni croix sainte
　　S'élevant vers les cieux.
Tout autour la campagne est aride et sans ombre,
　　Et pourtant le soleil
N'y fait tomber d'en haut qu'une lumière sombre
　　Qui provoque au sommeil.

Dès qu'on s'est endormi, de funèbres ministres

Vous prennent dans leurs bras,

Et vous traînent, couvert de vêtements sinistres,

Encore quelques pas.

Ils entrent dans la ville en refermant la porte,

Regardez ses maisons :

Le toit n'en est pas haut, mais la grille en est forte,

Comme dans les prisons.

Ils font tourner la clef dans l'épaisse serrure,

Et vous, vous descendez,

Les deux bras sur le sein, dans la demeure sûre

Où les morts sont gardés.

On y trouve toujours un cercueil à sa taille,

Et nul n'est mis dehors,

Car d'avance une main marque sur la muraille

La mesure des corps.

On se couche en silence au fond de la caverne

Où l'on n'entend plus rien ;

Et, sans se révolter, le front pâle et l'œil terne,

Inerte, on y dort bien,

Jusqu'au jour où le ver, naissant de notre fange,

    Quand nos muscles sont bleus,

Dominateur altier, souille la chair qu'il mange,

    De ses replis hideux.

Mais si le cœur se livre à de vaines tortures

    En voulant s'affranchir,

Le reptile acharné rend nos peines plus dures,

    Rien ne peut le fléchir.

Rempli d'une faim vaste, il dévore, il dévore

    Le cadavre au repos;

Du roi de l'univers, que reste-t-il encore ?

    Un nom et quelques os !

Du moins, si nous avions pour guérir nos blessures

    Une franche amitié,

Si nous trouvions ici des affections pures,

    Ou même la pitié.

Mais lorsque nous mourons, la cruelle jeunesse

    Passe sans demander

Si naguère ici-bas la gloire ou la sagesse

    Nous faisait regarder.

Nous tombons lentement comme des feuilles mûres,

Sous qui depuis longtemps

Avaient germé déjà de nouvelles verdures,

Attendant le printemps.

Nous ne possédons pas le cœur de nos épouses

Dans le fond du cercueil,

Car on les voit orner, de leur beauté jalouses,

D'une rose leur deuil.

Nos enfants bien-aimés nous regrettent sans doute,

Mais, que froide est leur voix,

Quand ils disent au fils qui, distrait, les écoute :

« J'eus un père autrefois ! »

Allons donc vers la ville où les parois sont noires,

Vers la morne cité

Qui conserve en son sein tant de sombres histoires,

Et les morts à côté.

Car s'agiter ainsi sur ce monde où tout passe,

C'est perdre en vain ses jours,

Puisque l'éternité du temps et de l'espace

Seule dure toujours !

XXIII

HYMNE HONGROIS.

Imité de Baïza.

Ils sont là, les braves des braves,

Endormis après le combat;

Leurs frères vivent, mais esclaves :

Heureux celui qu'un glaive abat !

Regardez fleurir l'immortelle

Où le sang vermeil a coulé;

Certes, une mort aussi belle

Vaut les regrets de l'exilé.

S'ils ont combattu pleins de haine,

C'était pour sauver leur pays;

C'était pour détruire la chaîne

Qui liait les Hongrois trahis.

Le feu saint qui brûla leur âme,

C'était l'amour sacré du sol;

Espoir menteur, légère flamme,

Qui dans le ciel a pris son vol.

Ils voulaient rendre à la Hongrie

Son ancienne prospérité;

Et combattant pour la patrie,

Servir aussi l'humanité.

Ils sont tombés, mais pleins de force,

Ils sont tombés, mais leur beau nom,

Comme un bouton vert sous l'écorce,

Doit renaître au bruit du canon.

De leur sang, des lauriers s'élèvent,

Où le zéphyr, en murmurant,

Va dire à leurs enfants qui rêvent

Comment on peut vaincre en mourant.

Et sur la tombe où leur mémoire

Triomphe du dernier sommeil,

La noble muse de l'histoire

Écrit leur vie au grand soleil.

On redira dans les chaumières

Sous quel étendard ils sont morts,

Et, bercés par la voix des mères,

Les enfants en seront plus forts.

Il est vrai, comme un cimetière

La campagne est triste aujourd'hui ;

Les maisons tombent pierre à pierre,

Et du ciel le soleil a fui.

Les héros, évitant leur perte,

Errent sur le sol étranger,

Laissant la campagne déserte;

Mais un seul jour peut tout changer !

Dans les villes, pâles de crainte,

On n'entend plus de chants joyeux ;

La voix des filles s'est éteinte,

Des larmes roulent dans leurs yeux.

Et les vieillards, chargés d'années,

Courbés sous le poids de leur deuil,

Baissant leurs têtes décharnées,

S'acheminent vers le cercueil.

Mais courage, vieillard débile,

Enfant qui seras grand un jour,

Proscrit, que la vengeance exile,

Car la justice aura son tour !

Ce pays, que la haine écrase,

Saura bien secouer ses fers;

Dans les cieux que sa foudre embrase,

Dieu garde encore des éclairs !

Dominant l'épée étrangère,

Vous verrez celle des Corvin,

En le clouant sur la poussière,

Triompher de l'aigle germain.

Et du couchant jusqu'à l'aurore,

L'éclairant de soleils nouveaux,

A votre étendard tricolore

Dieu donnera des jours plus beaux.

Et les morts, couchés dans l'attente,

Loin de leur pays insulté,

Crieront d'une voix éclatante :

Salut, ô sainte liberté !

XXIV

POUR L'ÉTERNITÉ.

Le printemps reparaît quand la brise s'élève,
L'arbre dans ses rameaux fait bouillonner la séve,
Dès qu'un soleil clément rayonne sous les cieux ;
Le nuage léger recommence sa course,
Le rossignol soupire, et les fleurs dans la source
Regardent leurs yeux d'or et leurs calices bleus.

Puis l'hiver à son tour vient faner les feuillages,

Les flots en durs glaçons s'attachent aux rivages,

Le ciel du nord est froid, car l'oiseau l'a quitté ;

La neige à gros flocons s'amasse dans la plaine,

Le passereau se plaint sur le sommet du chêne :

Ainsi roule le monde — et pour l'éternité !

Les hommes vainement recherchent dans leur tête

Si c'est pour les charmer que le monde est en fête,

Pour punir leurs péchés qu'il éclaire ou qu'il pleut ;

Le livre est bien scellé, personne n'y peut lire,

Nous subissons l'arrêt, et sans jamais rien dire,

Dans son ciel enfermé, Dieu seul fait ce qu'il veut.

XXV

A LÉON ROGIER.

Dans la forêt déserte où dort la solitude
Sous les frênes pleureurs au vent du soir flottants,
Quand tu te sentiras fatigué de l'étude,
Porte tes pas, poëte, et va songer longtemps.

Si le monde est méchant pour les âmes rêveuses,
Les taillis bienfaisants nous savent consoler ;
Les fauvettes, pour nous, n'y sont jamais peureuses,
Les ramiers sur nos fronts y viennent roucouler.

Perds-toi dans les sentiers qui bordent les clairières,

Aspire dans ton sein l'air calme de la nuit;

Dieu, lorsque tu vas seul, entend mieux tes prières,

Et pour les recueillir ton bon ange te suit.

Regarde, ô mon ami, que la nature est belle !

La lune à l'horizon paraît pour l'éclairer,

Et son disque arrondi, lumineuse nacelle,

Comme ton cœur ici, dans les cieux vient errer.

Contemple avec amour son candide visage,

Dans le gazon épais vois rayonner ses pleurs;

C'est qu'elle plaint, vois-tu, le poëte et le sage,

Et de larmes d'argent console leurs douleurs.

Pour ôter à la nuit le lourd poids qui t'oppresse,

Elle fait devant toi resplendir le chemin;

Que ton cœur raffermi s'emplisse d'allégresse,

Te voici pour un jour maître du monde humain.

Tout dort autour de toi ; dans les blanches chaumières

A de riches moissons rêvent les journaliers ;

Les faons sont assoupis au milieu des bruyères,

Le moineau laisse en paix les rouges espaliers.

Enivre-toi des prés, des bois, de l'air humide

Sur qui la brume tend son voile virginal ;

Dans les frêles gazons marche d'un pied timide,

Et lève ainsi ton cœur vers le monde idéal.

La nature n'est rien qu'une vaine apparence ;

Des étangs endormis monte avec les vapeurs,

Du tranquille coteau monte avec le silence,

Monte avec le parfum qui s'exhale des fleurs.

Le ciel est sous tes yeux plus magnifique encore !

Laisse la terre sombre à ceux qui vont mourir ;

Où tu dois t'élancer, c'est où brille l'aurore,

Pour voir dans l'infini les étoiles courir !

Salut, palais d'azur, demeure cristalline,

Où jadis j'ai vécu comme vivent les dieux,

Avant que le destin à mon âme orpheline

Eût imposé l'épreuve en la chassant des cieux !

Je te retrouve enfin, ô couronne du monde,

Diadème d'argent sur l'univers posé,

Jérusalem divine, où, quand la foudre gronde,

Le bienheureux se rit de l'impie écrasé.

C'est là qu'aux pieds de Dieu tourbillonne sans cesse

Le torrent de la vie, avec ordre épandu ;

Là que s'évanouit la hideuse vieillesse,

Là, que le crime apporte un visage éperdu.

Tonnez sur lui, terreurs du monde sublunaire,

O terre, engloutis-le dans tes flancs acharnés ;

S'il n'a pas expié la faute originaire,

Qu'il s'en aille gémir où brûlent les damnés.

Nous qui n'avons jamais, sans pleurer sur nos fautes,

Visité tour à tour l'église ou la forêt,

Du ciel immaculé nous invoquons les hôtes,

Et sans redouter Dieu nous attendons l'arrêt.

Notre cœur ici-bas fut la lande sauvage

Où l'on sema l'épine et le rude chardon;

Mais le Juge paiera l'insulte par l'outrage,

Et pour ceux qu'il aimait conserve le pardon.

Accueillis dans les cieux, et scellés d'une gloire,

Dans les forêts la nuit nous descendrons encor,

Pour voir si le sentier garde notre mémoire,

Si toujours le couchant y jette un rayon d'or.

Peut-être, consternés en retrouvant la terre,

La verrons-nous flotter comme un astre épuisé,

Qui, poursuivant sa marche, éteint et solitaire,

Roulerait dans les cieux son corps décomposé.

Plus de vertes forêts aux tranquilles pelouses,

Plus de fleuves d'azur contournant l'horizon !

Plus d'enfants souriants, plus d'amis ni d'épouses,

La flamme a tout brûlé, la plaine et la maison !

Alors sur les débris sanglote, cœur débile,

Sur ton monde natal pleure comme un banni;

Nous qui savons que Dieu peut animer l'argile,

Nous relevons, plus forts, nos yeux vers l'infini.

Tourbillonnez sur nous, phalanges des étoiles,

Où des milliers de cœurs poursuivent le progrès ;

Que les morts ici-bas sommeillent sous leurs toiles,

Nous n'avons pas le temps des pleurs ni des regrets !

Le torrent qui nous presse, emporte dans ses ondes

Nos esprits façonnés pour travailler sans fin ;

Ils vont incessamment, tournant avec les mondes,

Fatiguer dans leur vol celui du Séraphin.

La large immensité n'a rien qui les attère :
La rapide pensée atteint en un moment
Ces étoiles qu'on voit à peine de la terre,
Et dont un Dieu caché prépare l'aliment.

En tous sens et partout s'étend leur vaste armée;
En les voyant, le cœur s'arrête confondu,
Car bien plus loin encore une blanche fumée
Annonce un nouveau ciel sur l'autre suspendu !

Recueille-toi, penseur ! lutte avec l'épouvante !
Quoi ! toujours de l'espace et toujours des soleils !
Toujours un univers qui flamboie et s'augmente
A mesure que l'homme étend ses appareils !

Trop vaste est l'infini pour mon cœur qui succombe,
Je voudrais m'engourdir et ne jamais penser;
Mais si mon corps repose au milieu de la tombe,
Dans un monde nouveau ne puis-je m'élancer !

8.

Le monde de l'Esprit, plus gigantesque encore,

Où vivent enlacés la Pensée et l'Amour ;

Le premier nous écrase, et l'autre nous dévore,

De l'éternel sommeil quand donc viendra le jour ?

Va, ne demande pas une existence calme,

Poëte au cœur de feu, dont le rêve hardi

Ne songe qu'à la gloire et convoite pour palme

Le fruit d'or que gardaient les dragons du Midi.

C'est la loi de ton être, il faut verser des larmes,

Il faut souffrir la vie et le doute moqueur ;

Et de ta faible main voyant tomber tes armes,

Sentir un fer brûlant te déchirer le cœur !

Le fer de ta pensée, ardente, envenimée,

Toujours prête à sonder le sublime univers ;

Mais qu'importent tes pleurs, pauvre âme consumée,

Pourvu que sous tes yeux tremblent les rameaux verts ?

XXVI

LA COMTESSE VERTOVA.

Près d'un lac tranquille où se mire
La feuille blanche du bouleau,
Où la brise toujours soupire,
Est le château de Grumello.

En face on aperçoit la neige
Tout en haut des sommets altiers,
Qu'une bise éternelle assiége,
En sifflant dans les durs sentiers.

Mais, dès que commencent les chênes,

Le soleil ardent du Midi

Couve de ses chaudes haleines

La biche et le faon étourdi.

Dans les pierres la germandrée

Fleurit sous le pied du chamois,

Et de sa corolle azurée

Étoile le gazon des bois.

C'est là que l'âme aimant à vivre,

Se sent plus libre pour rêver :

La solitude la délivre

Des maux qui viennent l'entraver.

Dans le vallon, plus bas encore,

Où le matin répand ses pleurs,

Où les feux pâles de l'aurore

Brillent sur de plus molles fleurs;

Il est une verte pelouse
Tapis brodé par le printemps,
Où du comte la noble épouse
Parfois venait songer longtemps.

Quand soufflait une tiède brise,
Se souvenant du ciel natal,
Souvent elle pleurait Venise,
Venise et son palais ducal.

Lorsqu'à seize ans, de sa gondole
Sa main écartait le rideau,
Pour suivre la rame qui vole
En rasant le calme Lido ;

Son âme fuyait avec elle
Tout là-bas dans la haute mer,
Où, plus heureuse, l'hirondelle
Passe et se rit du flot amer.

Ces palais aux pierres usées,

Où les vagues viennent gémir,

Ces images demi-brisées

Qui doucement semblent dormir;

Et le pont aux lugubres arches

Où s'éteignit plus d'un soupir;

Et le noir palais dont les marches

Virent le vieux doge mourir;

Voilà la sombre poésie

Que la comtesse Vertova,

De joie et de terreur saisie,

O Venise, en ton sein trouva.

Mais depuis son lourd mariage,

Toujours des fêtes au château;

Toujours un beau ciel sans nuage,

Toujours des fleurs sur le coteau !

Pour l'âme la joie est mauvaise
Lorsque son cours est éternel;
Et dans le bonheur qui lui pèse,
Survient un rêve criminel.

Telle n'était pas la comtesse,
Qui, toujours pure devant Dieu,
Racontait sa vague tristesse
Aux fleurs, aux rochers, au ciel bleu.

Quelquefois venait dans ses rêves,
Bosello, son cousin chéri,
Qu'autrefois, jouant sur les grèves,
Elle appelait son cher mari.

Lui, n'ayant pu l'avoir pour femme,
Lui conservait toujours son cœur;
Mais il renfermait en son âme
Son chaste amour et sa douleur.

« Voyez, disait-il, ô Julie,

Lorsqu'il l'entendait soupirer,

L'homme au cœur prévoyant oublie,

Car il n'est pas bon de pleurer.

« Les yeux se fanent dans les larmes,

Laissez-vous donc vivre au hasard ;

Si le chagrin flétrit vos charmes,

Vous le regretterez plus tard. »

Ainsi, sans mauvaise pensée,

Tous deux se souvenaient toujours ;

C'est quand la jeunesse est passée,

Qu'on sent le prix des premiers jours.

Pour le comte, c'était un homme

Au sang rapide, aux blanches mains,

Qui toujours de Milan à Rome

Brûlait le pavé des chemins.

Quand il passait en équipage,

L'aigle à deux fronts sur ses panneaux,

Noble dame, vilain et page,

Pour le voir venaient aux créneaux.

C'est qu'il était du Saint-Empire

Baron et conseiller privé,

Et son titre se pouvait lire

Sous ses armes, très-bien gravé.

Lorsqu'il s'en allait en voyage,

Ferrabò, son noble parent,

A tous faisait mauvais visage,

Car il n'était pas endurant.

A Grumello les mercenaires

Ne connaissaient que lui pour chef;

Ils redoutaient ses yeux sévères,

Sa voix rude, son geste bref.

Or, depuis trois grands mois le comte

Au loin se trouvait retenu,

Lorsque rejetant toute honte

Ferrabò mit son âme à nu.

Il attendit l'heure où la lune

Dans les cieux commence à rouler,

Et couvert d'une cape brune,

A la comtesse il vint parler.

Celle-ci, rêveuse et troublée,

Songeant aux yeux de Bosello,

Au lac, aux fleurs de la vallée,

Écoutait pleurer le bouleau.

Elle surprenait dans son âme

Un chant plaintif et douloureux ;

Car la nuit attendrit la femme,

Et rend son cœur plus amoureux.

En écoutant gémir la brise
Elle mourait de volupté,
Mais du couchant la teinte grise
Accablait sa félicité.

« Emmène mon âme inquiète
Vers le Lido, molle vapeur,
Où Venise toujours en fête
Me saluait comme une sœur ;

« Sur la rive où la mer déferle,
Les seigneurs venaient m'admirer ;
De l'Océan j'étais la perle,
Mais depuis j'ai bien su pleurer.

« Puisque ma vie est langoureuse,
Brises du soir, charmants oiseaux,
Emportez la pâle rêveuse
Dans l'étang couvert de roseaux. »

Se penchant alors comme un saule,

La comtesse allait défaillir,

Lorsque, la touchant à l'épaule,

Ferrabò la fit tressaillir.

Sur sa gorge à peine voilée,

Il arrêtait son œil ardent.

Rêver sous la nuit étoilée

Pour une femme est imprudent !

« Comtesse Vertova, je t'aime,

Ce soir il faut m'appartenir ;

L'air est brûlant, le ciel lui-même

Nous invite à nous réunir. »

Il s'avance pour la surprendre ;

Mais détachant du baudrier

Le lourd sabre qu'elle y voit pendre,

Elle s'éloigne sans crier :

« Si tu fais un seul pas, tu tombes,

Mercenaire aux rudes amours ;

Depuis quand les douces colombes

S'unissent-elles aux vautours !

« Retourne-t'en garder la porte

Où les valets doivent rester,

Car ma main blanche est assez forte,

Ferrabò, pour te résister.

« Puisqu'un sang noble est dans tes veines,

Un sang pur qui s'allie au mien,

Sache oublier des amours vaines,

Au comte je n'en dirai rien. »

Ferrabò s'éloigne en silence,

Il songe s'il doit l'étrangler ;

Mais il écoute la prudence,

Et se décide à s'en aller.

Regagnant le vieux vestibule,

Le voilà qui marche à grands pas;

Il frémit, sa haine le brûle,

Comtesse, tu n'attendras pas.

Aussitôt, il écrit au comte

Que la comtesse et Bosello

Se caressant malgré la honte,

Ont été vus sous un bouleau.

Sa lettre est si longue et si noire

Que le comte en est furieux;

D'abord il refuse d'y croire,

Mais l'autre a tout vu par ses yeux.

Vertova saute donc en selle,

Il galope à travers les champs,

Sur son cheval rouge il chancelle,

Pâle est son front, ses yeux, méchants!

A Grumello quand il arrive,

Prenant un chemin détourné,

De Ferrabò la joie est vive,

Car l'heure du crime a sonné.

« Qu'à te venger ta main soit prompte,

Par le meurtre fuis le mépris ;

Ton nom illustre, noble comte,

Ne doit rien perdre de son prix.

« Connais-tu bien cette écriture ?

C'est un billet que j'ai volé,

N'en sauvant que la signature,

Quand la comtesse l'a brûlé.

« C'est Bosello, partant pour Gêne,

Qui l'écrivit, découragé ;

Car les amoureux sont en peine,

Lorsqu'un époux est outragé. »

Le comte alors d'une voix brève :

« Puisque lui-même il s'est banni,

Que ma honte ne soit qu'un rêve,

Mais que demain tout soit fini. »

Aussitôt il remonte en selle,

Faisant un signe à Ferrabò,

Pour que la comtesse infidèle

N'ait plus pour lit que le tombeau.

La nuit descend, sombre, terrible,

Ni lune, ni lueurs d'été ;

Le ciel vient lui-même, insensible,

Servir le crime comploté.

Le château s'emplit d'ombres noires

Qui jouent sous les arceaux voûtés ;

Les héros des vieilles histoires

Tremblent dans leurs cadres sculptés.

Jules Gatti le mercenaire,

S'avance auprès de Ferrabò ;

Ils ont, pour l'œuvre qu'ils vont faire,

Un voile, une dague, un flambeau.

Dans le boudoir de la comtesse,

Ils entrent sans la réveiller ;

Elle semble, dans sa tristesse,

Une fleur qui va s'effeuiller.

Gatti la frappe à la poitrine,

L'autre l'étouffe avec la main :

Elle est morte, et dans la ravine

Les vautours la verront demain.

A s'enfuir Ferrabò s'apprête :

Bosello, soudain paraissant,

Lui crève les yeux dans la tête ;

Gatti hurle, couvert de sang.

Le château troublé se réveille,

Car un blond page a vu tomber

La comtesse par une treille,

Que son beau corps a fait courber.

Partout des valets et des torches,

Le cadavre en chapelle est mis ;

Et les serviteurs sous les porches

'S'agitent comme des fourmis.

Debout au milieu d'une lande

D'où sa colère regardait,

Le comte est pris par une bande :

Viens donc, ta femme t'attendait.

La foule rugit furieuse,

Elle veut le mettre en lambeaux ;

Mais sa figure dédaigneuse

Luit pâle au milieu des flambeaux :

« Je suis le sujet de l'Autriche,

Dit-il, en lançant des éclairs,

Et, seigneur noble autant que riche,

Je serai jugé par mes pairs. »

Il disait vrai; conduit à Rome,

Pour l'amender, le tribunal

En deux mots lui montra qu'un homme

Ne doit pas agir aussi mal.

On lui prit son titre et ses terres,

Pour l'ordre qu'il avait donné;

Mais la justice a ses mystères,

Et bientôt il fut pardonné.

Deux ans après, seigneur sans tache,

Il prenait une épouse encor;

Car le cœur aisément s'attache,

Et peut tout vaincre, excepté l'or.

Mais Grumello resta sans maître;

Nul n'osa jamais habiter

Ces chambres où l'âme du traître

La nuit venait se lamenter.

Par degrés s'épaissit le lierre

Sur les fenêtres du château,

Et s'accrochant à chaque pierre

Il les couvrit d'un vert manteau.

La bise en novembre y soupire,

Mais comme un long siècle a passé,

A peine un vieillard peut-il dire

Qu'un noble sang y fut versé.

XXVII

LES SIRÈNES.

Jamais ainsi que toi, prudent fils de Laërte,

Si mon vaisseau léger fendant la vague verte,

D'une île enchanteresse eût rencontré les bords,

Je n'aurais, méprisant la voix de la sirène,

Dit un adieu cruel à la mer de Tyrrhène

Où les divines sœurs élevaient leurs accords.

Pour admirer de près leur céleste visage,

J'aurais foulé, joyeux, les perles du rivage

Où la conque reluit dans le sable d'argent ;

Et, laissant au hasard se perdre mon navire,

J'aurais prêté l'oreille aux concerts de la lyre

Qui frémit de langueur sous un doigt négligent.

Heureux qui, s'oubliant dans une île inconnue,

Voit trembler le désir sur une gorge nue,

Se rapproche, résiste, et cède tour à tour ;

Et, rejetant bien loin sa patrie et sa mère,

Aux parfums enivrants qu'exhale l'onde amère,

Sans craindre le réveil, peut expirer d'amour !

XXVIII

LA DORMEUSE.

Il était parti pour la guerre,
Mais il revint son doux ami :
— Me voici, lève-toi, ma chère,
N'as-tu donc pas assez dormi ?

Elle gisait sur la civière,
Ses beaux yeux fermés à demi :
— Viens vite, on t'attend chez ma mère,
N'as-tu donc pas assez dormi ?

Voici qu'on la met dans la bière,

Des lis et des roses parmi :

— Réponds, mon cœur se désespère,

N'as-tu donc pas assez dormi ?

On la dépose dans la terre ;

Quand le fossoyeur a fini :

— Qu'attends-tu ? la lune t'éclaire,

N'as-tu donc pas assez dormi ?

Mais enfin, quand la terre noire

Eut pour jamais caché sa sœur,

Alors il finit par y croire,

Et d'un coup se perça le cœur.

XXIX

L'HIVER.

Elle a fui pour longtemps, la saison des merveilles,
Les lis sont effeuillés, les tilleuls sont flétris,
Le verger n'entend plus bourdonner les abeilles,
L'avide passereau remplit l'air de ses cris.
Enfant, retire-toi ! car de fraîches guirlandes
Ne tentent plus ta main sur les frêles rameaux,
Et lorsque le couchant rend les ombres plus grandes,
Tu n'entends plus chanter aux portes des hameaux.

Le bleu myosotis ne parle plus aux âmes,

Tu ne peux l'enlacer aux roses des buissons ;

Les astres sur le lac où frissonnent leurs flammes,

Frappent de rayons morts le cristal des glaçons.

Tu ne vas plus courir et saluer l'aurore

Dans le bois où la mousse, au froid se hérissant,

Pour nourrir les troupeaux seule verdit encore

Sous la pâle clarté d'un soleil languissant.

Mais toi, mon cher enfant, restant toujours le même,

Dans tes joyeux élans tu te ris des hivers,

Rapportant l'allégresse au vieux père qui t'aime,

Comme si les grands bois demeuraient toujours verts !

Oh ! ton rire est charmant, quand tout chargé de neige,

Entrant dans ma cabane avec le vent du Nord,

De tes débiles mains tu renverses mon siége,

Et m'embrasses au front en me serrant bien fort.

XXX

LES TITANS.

Quand les Titans, vaincus par les dieux en démence,
Tombèrent bruyamment dans le Tartare immense
Qui tressaillit d'horreur en recevant leurs corps,
Les grands suppliciés, et Sisyphe et Tantale,
Maudirent du destin la volonté fatale,
Et des sanglots confus coururent chez les morts.

La terre les cacha dans ses vastes entrailles,

Pleurant ses fils virils tombés sans funérailles

Sous l'inique pouvoir d'un tyran odieux ;

Un frisson de fureur, remuant ses mamelles,

Ébranla des monts noirs les hautes citadelles,

Et dans leurs palais d'or fit pâlir tous les dieux.

Si son flanc se calma pour des siècles encore,

Laissant mûrir en paix le blé que Cérès dore,

C'est qu'elle savait bien qu'un jour devait venir

Où les mornes Titans, surgissant du Tartare,

Raviraient ses captifs à l'Achéron avare,

Et qu'un plus jeune sang les viendrait rajeunir.

Aujourd'hui l'enfer s'ouvre ; à ta voix, grand Eschyle,

Les cultes méprisés ont trouvé leur Achille,

L'Olympe voit s'enfuir les dieux épouvantés ;

Le ciel, escaladé par les Titans sauvages,

Qui s'élancent plus haut que les pâles orages,

Laisse mourir tous ceux que la Grèce a chantés.

Apparaissez, penseurs aux forces athlétiques,

Empilez, pour monter, les marbres des portiques,

Que les temples en deuil vous servent d'escaliers ;

Élevez jusqu'aux cieux l'immense pyramide

Qui porte à son sommet votre foule intrépide,

Et du monde céleste ébranlez les piliers.

Enfoncez les panneaux des demeures sculptées ;

Puisque nos oraisons restent inécoutées,

Informez-vous pourquoi les dieux ne parlent pas ;

Plongez vos yeux hardis dans les retraites saintes,

Des palais réservés profanez les enceintes,

Et que les blancs parvis tressaillent sous vos pas !

Vous êtes mieux ici pour expliquer le monde,

D'ici vous plongez mieux sous sa voûte profonde,

Concertez vos esprits, ô sublimes penseurs ;

Analysez à fond l'esprit et la nature,

Et dites-nous comment Dieu sur sa créature

Fait pleuvoir tour à tour l'ouragan et les fleurs.

Si vous manquez, Titans, à votre œuvre entreprise,

Si vous n'édifiez qu'une Foi sans Église,

Errant à l'aventure et du peuple sifflés,

Fallait-il donc alors s'élancer de la terre,

Et des volcans éteints rallumant le cratère,

Jeter la lave en feu contre les cieux troublés !

De vos muets combats spectateur impassible,

Le peuple vous regarde, appuyé sur la Bible,

Et gardant en son cœur un sentiment caché ;

Car tout ce que l'esprit enferme de puissance,

N'expliquera jamais l'antique déchéance,

Ni la faute d'Adam, succombant au péché.

Mais si l'œuvre est stérile, et le combat sans terme,

Il est beau de les voir, ces lutteurs au pied ferme,

Supporter comme Atlas le poids de l'univers,

Et dans leurs grands cerveaux, vastes comme le monde,

Chercher la loi d'amour qui modèle et qui fonde

Sur les types premiers tous les êtres divers.

Quand vous irez dormir au fond des solitudes,

O penseurs consumés par vos longues études,

A côté des Titans, pour leur orgueil défaits,

Les difformes enfants que la terre fit naître,

Se dresseront soudain pour mieux vous reconnaître,

Et leurs cœurs, devant vous, resteront stupéfaits.

Car vous êtes plus hauts que les montagnes blanches,

Les bibliques géants ne vous vont pas aux hanches,

Éternels scrutateurs d'un monde trop puni,

Qui, touchant d'une main aux flammes des étoiles,

De l'autre, avez sondé l'Océan sous ses voiles,

Et dans le sein de l'homme enfermé l'infini.

XXXI

MOSBIE.

A Feversham, en Angleterre,
Pays où le ciel est brumeux,
Chez lord Norton vivait naguère
Un tailleur devenu fameux.

Quittant les ciseaux pour la plume,
Ce modèle des intendants,
Plus d'une fois, je le présume,
Tirait le cuir avec les dents.

D'une dame nommée Alice,

Par calcul étant amoureux,

Il se fait écrire et lui glisse

Un billet doux bien langoureux.

Alice, un beau jour de vendanges,

Livre son honneur aux abois :

La femme se prend aux louanges,

Comme une mouche dans la poix.

Mosbie, usant du privilége,

Se prélasse dans la maison ;

Il s'y choisit le plus beau siége,

L'époux ne dit rien par raison.

On trouvait son silence infâme,

Et chacun lui lançait son mot ;

Mais s'il avait rendu la femme,

Il fallait rendre aussi la dot.

Donc il renfermait sa colère,

Bien qu'il fût pâle de fureur,

Lorsqu'il voyait sa ménagère

En secret sourire au tailleur.

Mosbie avec la châtelaine

Se querellait pourtant toujours ;

Elle est si pesante, la chaîne

Que portent les honteux amours.

« C'est toi qui me perds, disait-elle,

Mon nom pur est déshonoré ;

A mon époux, sans toi, fidèle,

Je tiendrais ce que j'ai juré.

« Moi, femme de haute naissance,

Portant pour blason deux limiers,

Je fais crier la médisance,

Pour le plus vil des ouvriers ! »

« Courtisane ignoble et sans âme,

Reprenait l'insolent tailleur ;

Le médisant qui te diffame,

N'est que juste envers ta laideur.

« Ton cœur est faux, noir ton visage,

Séparons-nous, monstre hideux ;

Pourquoi t'arrêtant au passage,

T'ai-je dit : aimons-nous tous deux !

A trente ans la femme craintive

Veut garder son dernier amant;

Alice donc, morne et plaintive,

Se lamentait plus doucement.

Lui, jouait la fierté blessée ;

Commençant par la rudoyer,

Pour guérir son âme offensée,

Il la faisait toujours payer.

A son jupon, à son corsage,

Il lui prenait un bouton d'or;

C'est par degrés qu'un homme sage

En secret s'amasse un trésor.

« Doux ami, lui disait Alice,

Le coquin qui me trouble ainsi

C'est mon époux. Oh! quel supplice

De l'endurer toujours ici !

« Si tu veux, cherchons un sicaire,

Un scélérat, un meurtrier,

Qui lui termine son affaire,

Et nous pourrons nous marier. »

Mosbie évitait de répondre,

Mais tout bas il se promettait

De l'envoyer plus loin que Londre,

Si pour l'enfer l'époux partait.

Car il tenait de sa grand'mère,

Femme fort habile, un poison

Qui vous expédiait sous terre,

Sans admettre de guérison.

Enrichi par ce double crime,

Du peuple il serait vénéré,

Possédant en outre l'estime

De son maire et de son curé.

Alice et lui trouvent ensemble

Un scélérat né pour le mal;

Il est justement ce qu'il semble,

Aussi brut qu'un brut animal.

Blackwill, c'est ainsi qu'on le nomme,

Pour tuer n'a pas son pareil;

Il guette et vous égorge un homme

Pour un écu d'or au soleil.

10.

On peut lire sur sa figure
Comment lui vient le vin qu'il boit;
C'est un oiseau de triste augure,
Qui consterne dès qu'on le voit.

Une balafre bleue et rouge
Sur son nez s'arrondit en cœur;
Il n'est pas à Londre un seul bouge
Où les filles de lui n'aient peur.

A son côté pend un grand sabre,
Qu'il traîne d'un air arrogant;
On n'a jamais, dans la Calabre,
Vu rouer un plus fier brigand.

Son costume vaut son visage;
Il porte un pourpoint sale et gras,
Qui, depuis un siècle hors d'usage,
N'a plus ni parements ni bras.

Sur ses talons traînant ses chausses,

Il fait voltiger les cailloux;

Un berret confit dans les sauces,

Enfin couvre ses cheveux roux.

Avec le tailleur il s'abouche,

C'était par un noir jour d'hiver,

A l'heure où le soleil se couche,

Le vestibule reste ouvert.

« Si le poison dans son potage

Jadis lui sembla trop amer,

Dit Alice, tremblant de rage,

Pour le convaincre il faut du fer. »

Blackwill, caché dans la dépense,

Promet d'attendre le signal;

Et, songeant à la récompense,

Il se place tant bien que mal.

Le mari rentre avec son hôte :

« Chère épouse, allons-nous souper? »

— « Certes, vous me prenez en faute,

Jouez donc pour vous occuper. »

Le tailleur et l'époux d'Alice

S'assoient à la table de jeu;

Elle et son amant, au supplice,

Dans leurs veines sentent du feu.

Mais Mosbie, avec sa voix forte,

Dit tout à coup : « Ah! je vous prend ! »

Et Blackwill, repoussant la porte,

Sur l'époux arrive en courant.

Il lui décharge sur la tête

Un coup qui le fait trébucher;

A redoubler Alice est prête :

Mais n'entendez-vous pas marcher ?

Tous trois, frappant le misérable,
Glacent le sang chaud dans son cœur;
Inerte, il tombe sous la table,
Le voici mort; Alice a peur !

Elle cherche dans sa ceinture
Les écus d'or qu'elle a promis :
« Si l'on te met à la torture,
Blackwill, épargne tes amis. »

Voici qu'on entend à la porte
Retentir bruyamment trois coups :
« Ce cadavre, il faut qu'on l'emporte,
Mosbie et toi, concertez-vous. »

Par une chambre de derrière
Les meurtriers s'en vont alors,
Et dans le bois, sur la bruyère,
Voyez-les déposer le corps.

Dans la maison, entre le maire :

« Votre époux, qu'en avez-vous fait ? »

— « Hier soir, malgré ma prière,

Il est parti par la forêt. »

— « Dites la vérité, madame,

Car les voisins ont entendu

Un malheureux qui rendait l'âme

Crier chez vous comme un perdu.

· « Et ce sang que je vois à terre,

Votre jupon en est baigné ; »

— « Vous vous trompez, il n'en a guère,

C'est un verrat qu'on a saigné. »

Là-dessus les gens de justice

Ramènent entre eux le tailleur ;

Surpris par eux, il charge Alice :

Tais-toi, complice de malheur

On place le corps sur la table,

Il est pâle et souillé de sang ;

Alice, que sa faute accable,

Sur lui se jette en gémissant :

« O mon époux chéri, pardonne,

Si dans le meurtre j'ai trempé ;

Jadis j'étais sensible et bonne,

Pour quel homme t'ai-je trompé ! »

— « Silence, vile courtisane,

Répond Mosbie, en la frappant ;

Qui donc jadis dans la tisane

Mit le poison ? c'est toi, serpent ! »

— « Qu'on les éloigne l'un de l'autre,

Car je les ai trop entendus;

Tailleur, tu fais le bon apôtre,

Mais tous deux vous serez pendus. »

Ainsi que l'ordonnait le maire,

Huit jours après on les pendit ;

Et l'on vit plus d'une commère

Qui dans ses atours s'y rendit.

Sur le gibet, bouche béante,

On les laissa longtemps crier,

Afin de jeter l'épouvante

Dans le cœur de tout meurtrier.

Quand ils furent morts, leur dépouille

Fut attachée au noir poteau ;

L'oiseau de sa fiente les souille,

L'orage leur sert de manteau.

Blackwill, s'enfuyant en Hollande,

Trouva sa perte en se sauvant ;

Car sous la reine Anne-la-Grande,

A Leyde on le brûla vivant.

XXXII

HYMNE HÉGÉLIEN.

Si je ne puis monter vers les hauteurs sublimes
Que ne sauraient toucher les plus altières cimes,
Si l'Éther est trop loin pour que mon bras nerveux
A l'horizon muet surprenne des aveux,
Soit ! je reste dans l'ombre où l'inconnu me brave,
Mais mon âme du moins ne sera pas esclave,
Et, dominant le ciel de son puissant désir,
Le fera s'abaisser afin de le saisir.

Vainement les soleils, bondissant dans l'espace,

Se rient avec dédain de la terre qui passe,

Celle-ci porte en soi l'être victorieux

Qui jette à la nature un ordre impérieux.

Descendez à ma voix, innombrables étoiles,

L'Isis au front d'ébène a perdu tous ses voiles,

Et dans son corps géant, sondé par le scalpel,

Nous scrutons l'infini, qui tremble à notre appel.

Des espaces lointains où frémit la lumière,

S'avance lentement l'étoile matinière;

L'informe nébuleuse, au hasard chatoyant,

Livre son sein de brume et son contour fuyant.

L'astronome tenace, armé du télescope,

Dissipe par degrés la nuit qui l'enveloppe,

Et, donnant au penseur un fonds à méditer,

Voit le savoir humain grandir et s'augmenter.

Sans doute, il est des points où l'ombre persévère,

Car l'antique Pallas, déesse au front sévère,

Ne veut pas que d'un coup l'homme soit affranchi,

Et qu'il connaisse tout sans avoir réfléchi.

Mais depuis trois mille ans qu'on travaille sans cesse,

De la nature l'âme à la fin est maîtresse ;

Et la pâle science, avide de tout voir,

A rendu ses beaux fruits à l'arbre du savoir.

Si la faute d'Adam l'avait laissé stérile,

Il repousse aujourd'hui sous notre main virile,

Et, fécondés par nous, ses rameaux ont produit

Un vigoureux enfant, qui voit clair dans la nuit :

Le progrès ! ce géant qui touche au ciel immense,

Pendant que son pied sûr dans l'abîme s'avance,

Et que dans son cerveau, de l'univers chargé,

Chaque type se trouve, avec ordre, rangé.

Pour les premiers humains, famille à l'âme obtuse,

La nature formait une masse confuse,

Et les faits, au hasard, l'un l'autre se heurtant,

Aux regards éblouis ne brillaient qu'un instant.

Mais maintenant, hardis vainqueurs de la matière,

Nous avons fait des lois pour la nature entière ;

Et ne fût-ce qu'un rêve, on peut bien confesser

Qu'il faudrait être Dieu pour les mieux agencer.

Chaque objet qui végète et chaque créature,

Dans l'échelle du monde a sa nomenclature :

Les astres scintillants, les lacs aux flots d'azur,

La colombe charmante et le reptile impur,

Le mollusque honteux, l'élégant quadrupède,

Ont pour analyseurs Cuvier et Lacépède ;

Le monde devant nous s'est enfin aplani,

Et nous atteignons presque au bord de l'infini.

Ainsi, les fiers Titans que le Tartare enferme,

Pourraient auprès de nous marcher d'un pied plus ferme,

Et sur leur front hautain, caché dans les cieux clairs,

Personne ne ferait rayonner les éclairs ;

Car, c'est Dieu qui nous pousse à l'œuvre universelle,

C'est lui qui nous soutient quand notre foi chancelle :

« Avancez-vous, dit-il, dans les chemins fermés,

Quand vous devriez même y tomber consumés

Par le feu de vos cœurs, qui, bouillonnant cratère,

Pour se mêler au ciel s'élance de la terre,

En appelant le jour où le monde éperdu

Se verra par ma main de nouveau refondu ! »

Éclate dans la nue, ô flamme expiatoire,

Efface pour jamais les crimes de l'histoire,

Et les mauvais désirs qui, souillant la vertu,

Laissent le repentir dans le cœur abattu !

Affine-nous trois fois dans l'ardente fournaise,

Où Sidrach et Misach se promenaient à l'aise ;

Du sang originel détruis l'impureté ;

Fais-nous voir l'écriteau par un ange porté,

Qui, flamboyant au ciel quand le soleil s'éclipse,

Annonce au monde entier, d'après l'Apocalypse,

Que le vengeur paraît sur un fougueux cheval

Pour livrer les méchants à son impur rival !

Voici des jours nouveaux ! déjà le sol tressaille !

Balthazar effrayé contemple la muraille,

Et les lettres de feu qui frappent ses regards,

Laissent ses invités défaillants et hagards.

Préparez vos esprits sans oublier vos glaives,

Car la réalité va succéder aux rêves,

Et l'archange maudit qui souffle le poison,

Des hommes insensés obscurcit la raison.

Partout dans l'univers se déchaînent les vices,

Mais pour de grands forfaits il faut de grands supplices,

Et l'on ne verra pas le jour du châtiment,

Sur les coupables fronts peser légèrement.

Quand les fleuves, roulant le sang entre leurs rives,

Auront fait sangloter les Tyrs et les Ninives,

Et que le Christ vengé, verra du haut du ciel

L'Hébreu boire à son tour au calice de fiel ;

Que les enfants tués, les mères égorgées,

Flotteront sur les mers en sépulcres changées ;

Que tout homme fuira, portant sa flèche au cœur,

Car l'ange de la mort sera partout vainqueur.

Alors, se redressant dans l'ombre de sa fosse,

Tout apôtre frappé d'une sentence fausse,

Le poëte inconnu, tombé sous le mépris,

Le juste torturé, la fille au cœur surpris,

L'enfant ravi trop tôt par une mort hâtive,

La vierge, qu'elle soit musulmane ou juive,

Se transfigureront dans le ciel radieux,

Et sachant tout, enfin, seront comme des dieux !

XXXIII

L'URNE DE PORPHYRE.

Dans le bosquet obscur où la feuille soupire,
Lorsque, rempli d'amour, le cœur y vient rêver,
S'élève sur un cippe une urne de porphyre
Avec des vers plaintifs qu'un amant fit graver.

Elle rappelle à tous la lugubre mémoire
D'une amie enlevée à l'âge de seize ans ;
O destin, que de cœurs cachés en ta nuit noire,
Ont laissé derrière eux de souvenirs cuisants !

Ah! s'il en est plus d'un qu'en un jour on oublie,

Toi dont l'urne funèbre est là pour nous parler,

Tu portais ici-bas le doux nom d'Ophélie,

Et rien qu'en y songeant, je sens mes pleurs couler.

Fille trop tôt ravie, étais-tu brune ou blonde,

Avais-tu dans tes yeux l'azur chaste du ciel ?

Te laissas-tu mourir en trouvant sur le monde

Partout le rire impur et partout l'amer fiel ?

Je ne sais que ton nom, mais je pleure et je rêve,

Car mon cœur a toujours un douloureux regret

Pour tous ceux que la mort si rudement enlève,

Lorsqu'elle les emporte en son réduit secret.

Sois donc heureuse encor de parler aux poëtes

Même quand le destin, jaloux de ta beauté,

De son voile de deuil couvrant un jour de fêtes,

Garde pour lui la fleur de ta virginité.

Ton âme reparaît dans le parfum des roses,

Dans le rameau qui tremble au souffle des zéphyrs ;

Et lorsque le couchant se teint de vapeurs roses,

Les plaintes du bosquet me semblent tes soupirs.

10.

XXXIV

AGITATIONS.

Je n'ai pas un instant de repos dans mon âme ;
Rêveur né pour souffrir, et toujours agité,
Oubliant mes serments, je repense à la femme,
Dès que je vois fleurir le muguet argenté.
Suivant les verts sentiers sans emporter de livre,
Je fais dans mon esprit mille rêves d'amour ;
L'idéal me poursuit, et mon cœur voudrait vivre
Empli de voluptés, fût-ce pour un seul jour.

Mais, songeant aussitôt que la femme est fragile,

Je me détourne d'elle, et demande aux grands bois

Quel lien les unit à notre humaine argile,

Et pourquoi le désert n'entend pas notre voix.

La force qui m'attire au milieu des clairières,

Ne parle qu'à demi pour mieux me tourmenter;

Entre le monde et moi, Dieu place des barrières

Qui font pleurer mes yeux lorsque je vais chanter.

En vain, pour me guérir, j'ai sondé la science,

Elle a parlé beaucoup sans me répondre rien;

Mais mon cœur cependant n'a plus son ignorance.

L'esprit de l'univers sollicite le mien.

Fiévreux, j'ai pénétré dans la philosophie,

Les travaux des penseurs longtemps m'ont fait songer;

Mais perfides ils sont, malheur à qui s'y fie,

Car la raison est faible et ne sait rien juger.

Elle élève pour nous un magique édifice,

Qui passe sous nos yeux comme un rêve flottant;

Mais bientôt il s'efface, et l'esprit au supplice

Se courbe, torturé, sur le mot qu'il attend.

Oh ! que de fois, le soir, dans ma retraite obscure,

Voyant autour de moi s'allumer des clartés,

J'ai senti dans mon sein gémir un long murmure,

En promenant mes yeux, triste, de tous côtés.

Je me disais : « Tu vois le travail de la vie.

Au moment où la lune éclaire l'horizon,

Où chaque créature à son rêve asservie,

Comme un pâle captif éclaire sa prison,

L'âme du philosophe, au hasard élancée,

Cherche une sœur partout dans l'immense univers;

Mais la foule grossière insulte sa pensée,

Et jette le poison dans les cœurs trop ouverts.

Regarde ces flambeaux qui luisent aux fenêtres

Ici, la femme impure aiguillonne un galant,

Ici, le parvenu, reniant ses ancêtres,

Accueille un protégé d'un sourire insolent.

Ici, le publicain à la face livide,

Fait tinter dans la nuit l'or qu'il a détourné,

Et, pesant ses écus dans sa balance avide,

Les couve, en frissonnant, d'un œil passionné.

Plus loin, l'ambitieux, rongé de convoitise,

S'agite sur sa couche, en cherchant à quel jeu

Il joûra la vertu, qu'il traite de sottise,

Bonne au plus pour celui qui croit encore à Dieu.

Et cependant plus haut, dans l'étroite mansarde,

Où la lampe charbonne, un jeune homme, un héros,

Défiant le destin qui, haineux, le regarde,

Lutte comme un martyr aux mains de ses bourreaux.

Il est pauvre, c'est vrai, mais croit à la justice,

Mais son cœur ingénu cherche la vérité,

Et, sans savoir encor jusqu'où monte le vice,

S'épouvante des bruits qui troublent la cité.

Ses livres sont ouverts sur sa table módeste,

Son front est dans sa main, il médite, il écrit;

Garde bien, frère aimé, ta pureté céleste,

Avant peu tu seras misérable et proscrit.

Ta tête aura bientôt sa couronne d'épines;

Jaloux de ton talent, l'imbécile au front bas,

D'un sarcasme insolent raillera tes doctrines,

Et sa main sèmera le verre sous tes pas.

Mais tu ne souffres point, isolé sur la terre.

Dans la chambre voisine une femme, un enfant,

Poursuivant sans repos son travail solitaire,

Sent défaillir son cœur sous un air étouffant ;

Il faut aller toujours, il faut pousser l'aiguille,

Car la cruelle faim est là pour te presser ;

Car il faut soutenir une vieille famille,

Et tu perdrais du temps si tu voulais penser !

Ainsi faite est la vie, et nul n'y peut rien dire,

Le remède à ces maux, on ne l'a pas trouvé ;

Dans les salles d'asile, on apprend bien à lire,

Mais la paix de l'esprit, sort-elle du pavé ? »

Fatigué de chercher cet éternel problème

Qui résoudra l'accord des éléments humains,

Je descends dans la rue où le chiffonnier blême

Va remuer la fange au tournant des chemins.

Des cabarets hideux s'échappe un air fétide ;

Les buveurs attardés s'en vont heurtant les murs,

Et jetant l'anathème à leur bouteille vide,

Bégaient des mots confus et des refrains impurs.

La police poursuit ses rondes vigilantes,

Les carrosses légers emportent les dandys,

Et, sur les quais lointains, de vieilles mendiantes

Promènent leurs haillons dans la ville interdits.

Il s'exhale de tout un poison qui m'enivre,

Paris me fait horreur, il m'effraie, et pourtant

Quand minuit a sonné, j'ai du plaisir à suivre

Les trottoirs où le gaz rayonne en tremblotant.

Je contemple à loisir les maisons et la Seine,

Je rêve sur les ponts, je suis le quai tortu,

Et me plais malgré moi dans cette ville obscène

Où l'on estime tout, excepté la vertu.

Ainsi, quand je soupire isolé dans ma chambre,

C'est que tout à la fois survient pour m'accabler;

Je songe que le pauvre a bien froid en décembre;

Qu'une âme de seize ans est facile à troubler;

Que le sage jamais n'est heureux sur la terre ;

Qu'on n'a pas expliqué le murmure des bois,

Ni pourquoi tous les Christ, insondable mystère,

Dès qu'on les reconnaît, sont cloués sur des croix ;

Que le cœur est débile et s'attache à la femme,

Mais qu'on pleure à torrents pour un moment heureux,

Et que nos souvenirs, légers comme la flamme,

Laissent en s'envolant des cendres derrière eux.

Je songe encor que Dieu s'est trop voilé pour l'homme,

Qu'il est des jours pesants où la foi disparaît,

Et qu'il ne suffit pas d'un mot parti de Rome

Pour ôter au péché son invincible attrait.

Enfin, et c'est bien là ma plus grande torture,

Je songe que jamais ni prêtre, ni docteur,

Me montrant la justice et Dieu dans la nature,

N'a fait monter ainsi l'âme vers son auteur.

Anéanti, brisé, sortant de la poussière,

Retombant plus courbé, plus haut me relevant,

Maudissant tour à tour l'esprit et la matière,

Je ne suis rien de plus qu'un supplice vivant.

A peine ai-je senti le parfum de la rose,

Que ma main sur le sol la jette avec mépris;

Tout m'ennuie à la fois, et les vers et la prose,

L'univers défloré pour moi n'a plus de prix.

J'ai vu le mal partout dans l'àme et dans le monde,

Le vice dans le cœur, le poison dans le sol;

Si le fleuve est charmant, c'est lui qui nous inonde,

Et le fer dans le roc se change en vitriol.

Un venin a souillé la grande œuvre du Maître,

Pour l'homme abandonné tout est pernicieux;

Et quand, levant les yeux, il cherche à se connaître,

Les bolides sur lui tombent du haut des cieux.

Explique qui pourra la matière éternélle,

Explique qui pourra le tourment de l'esprit :

Satan nous cache Dieu sous l'ombre de son aile,

Pour perdre tout à fait l'insensé qu'il surprit !

Mais la Vierge est au ciel, et son calme sourire

Vient rendre l'espérance au cœur découragé;

Laisse parler le mien, qui regarde et soupire,

Console le rêveur par le monde outragé!

Te plaçant sur un trône, ô Vierge maternelle,

A tes pieds j'ai vécu, tranquille et virginal,

Essayant la vertu, loin d'un monde infidèle

A celle qui dompta le principe du mal.

Enferme dans ton sein, ô blanche tour d'ivoire,

Le poëte inquiet par sa mère élevé,

Qui, frappé dans le cœur d'un rayon de ta gloire,

Aux portes du tombeau par ton nom fut sauvé !

XXXV

THERSITE.

Difforme détracteur insulté par Homère,
Toi qui traînais partout une existence amère,
Toi que le destin fit bossu, louche et boiteux,
Quelques sages pensers germaient sous ton front chauve,
Et lorsque la colère allumait ton œil fauve,
C'est que ton cœur plaignait le peuple souffreteux.

Pour te déshonorer, le poëte, le chantre,

Te peint comme un vil monstre échappé de son antre,

Sur qui le chef du camp frappe à coups redoublés ;

Tu redeviens muet lorsque sa voix fulmine,

Et la rouge tumeur qui gonfle ton échine,

Fait rire à grands éclats les soldats rassemblés.

Mais leur foule stupide aurait bien dû comprendre

Ce que ton cœur prudent lui voulait faire entendre,

Quand tu stigmatisais les chefs d'or affamés,

Qui, pendant que l'armée, en proie à la disette,

Implorait aux autels une idole muette,

Pour se mieux divertir se tenaient renfermés.

Il leur fallait le vin qui bouillonne dans l'urne,

La coupe de cristal, la captive nocturne

Qui jette aux sens troublés son rire provoquant ;

Et durant leur sommeil épaissi par l'ivresse,

Chargés d'un lourd airain, les soldats de la Grèce

Juraient, montant la garde à la porte du camp.

Maudit, tu faisais bien d'amasser les injures,

Et si le Grec t'a peint sous des formes impures,

S'il a fait de ton nom un symbole outrageant,

C'est que, fidèle au Dieu qui gouverne le monde,

Le poëte est chagrin lorsque le peuple gronde,

Et se tourne toujours du côté de l'argent.

XXXVI

CONTRE L'AMOUR.

Lorsque Byron chantait des maux imaginaires,

A la métaphysique il n'avait pas songé;

Ses grotesques brigands sont des héros vulgaires,

C'est par de vils désirs que leur cœur est rongé.

Mais l'impassible Gœthe, ornant la poésie

Du manteau chatoyant que la terre revêt,

Sous l'esprit triomphant courba la fantaisie,

Et peignit l'idéal que le monde rêvait.

Par lui fut parcouru dans son domaine immense
Cet univers qui n'a ni terme ni milieu,
Où la pensée habite et pondère en silence
La faiblesse de l'homme et la grandeur de Dieu.

Les types primitifs entrevus par un sage,
Plongèrent dans le Faust et vinrent l'animer,
En laissant derrière eux, pour marquer leur passage,
Tout mutilés, les cœurs qui ne savaient qu'aimer.

Car l'homme n'est pas fait pour les amours débiles,
Une autre passion doit emplir son cerveau :
Il est né pour penser. La tâche des habiles
Est de placer enfin l'homme et Dieu de niveau.

Il faut monter toujours, monter avec courage,
Percer le ciel obscur où l'air brumeux finit ;
Et plus haut que la cime, et plus haut que l'orage,
Se chercher pour son cœur un socle de granit.

Absorbant par degrés l'univers dans sa tête,

L'homme enfin doit toucher où s'arrête le ciel ;

Et n'ayant plus en lui ni tourment ni tempête,

Confondre l'idéal et le monde réel.

De la marche du temps, c'est là le grand problème,

Le mobile univers est une illusion ;

Fait pour donner le trouble à l'insensé qui l'aime,

Il fuit de tous côtés comme une vision.

Ce n'est pas le tombeau qui blesse et qui déchire,

La froide mort du moins garde ceux qu'elle a pris ;

Mais voir à d'autres yeux sa maîtresse sourire,

Et n'avoir plus pour vous qu'un regard de mépris !

Mais sentir l'amitié s'échapper et se fondre

Comme un flocon de neige au sommet d'un clocher,

Et soi-même éprouver qu'on ne peut plus répondre

Aux amis inconnus qui viendraient vous chercher !

Voilà le vrai supplice oublié par le Dante,

Car le cœur tourmenté par le fer et le feu

Peut encor s'exalter dans une extase ardente,

Si, naïf, il croyait aux larmes d'un adieu.

Mais puisque tout s'en va, l'amour comme la haine,

N'ébranlons pas nos cœurs par de vides assauts ;

Et que l'archange armé, qui plus haut nous entraîne,

Comme un livre interdit, les ferme des sept sceaux.

La pensée est le Dieu pour qui nous devons vivre,

Dans son cercle éternel il nous faut graviter,

Sûrs de ne voir jamais la femme nous y suivre,

Désirant de nouveau nous perdre ou nous tenter !

XXXVII

L'ASCENSION.

Nous voici parvenus sur la montagne sainte

Qu'on prend de l'horizon pour un grêle rocher ;

Mais, lorsqu'on s'en approche, une soudaine crainte,

Éveillant le vertige, empêche de marcher,

Car sa masse est énorme, et sa tête géante

Supporte un ciel plus grand que celui du vieux Dante.

Regarde autour de toi ! le front du Marboré

Reluit comme un drapeau dans la neige arboré,

Pour enseigner qu'ici le Dieu qui nous gouverne

A des vents furieux préparé la caverne,

Et rassemblé près d'elle, en ardents bataillons,

Les éclairs argentés et les noirs tourbillons.

Promène bien tes yeux dans le vaste silence

Où le vaste infini parle à l'intelligence :

Ici, plus de troupeaux, plus de rude berger,

Qui, déjà, sur la pente arrête et fait songer !

Mais partout le désert, un désert large, immense,

Où l'âme se possède et reprend son essence,

Car Dieu la fit jadis pour passer dans son vol

Les aigles orgueilleux qui vivent loin du sol.

Ici l'air est subtil ; je ne sais quelle force

Fait palpiter l'esprit sous sa grossière écorce ;

Il inspire le calme et la sérénité,

Et comme un avant-goût de l'immortalité.

Emplis bien tes poumons d'un éther pur et libre,

Comme le fier torrent que ton cœur chante et vibre ;

Et lorsque tu viendras vers les hommes encor,

Qu'ils trouvent sur ton front un reflet du Thabor.

Porte leur le parfum de la plante sauvage,

L'âpre odeur du versant que le torrent ravage,

La blancheur de la neige, image du cœur pur,

La frêle gentiane au calice d'azur.

Si tu fais dans tes vers fleurir la tige alpestre,

Gronder la foule au loin comme un sublime orchestre,

Écumer le torrent qui saute d'un seul coup

Du haut de la montagne où son flot d'argent bout,

Et si, pour étoiler des sentiers un peu rudes,

Tu mets la germandrée au fond des solitudes

Où le cœur s'élargit autant que le ciel bleu,

Et devient assez grand pour y renfermer Dieu :

Alors à ton appel répondra la nature,

Le désert t'offrira sa forte nourriture ;

Et quand tu descendras, hautain, vers les cités

Pour arracher les cœurs aux lâches voluptés,

Tu verras sur ton front une foule assassine

Poser en t'insultant la couronne d'épine !

XXXVIII

DANS UNE CHAPELLE.

Tombez sur mon front pâle, ô lumières mystiques,
Qui venez jusqu'à moi par les vitraux gothiques;
En voyant osciller vos feux d'azur et d'or,
Comme le vieux Lywarch au couvent de Landor,
Absorbé tout entier dans mes hautes pensées,
Je n'ai plus de regrets pour les douleurs passées;
Je m'isole du monde, et seul devant l'autel,
Je sens grandir en moi le principe immortel.

12.

Le présent disparaît, un autre jour se lève ;

Comme un homme éveillé qui recompose un rêve,

Je revois en esprit le siècle tourmenté

Où vivait Béatrice, où le Dante a chanté ;

Le peuple, amoncelé dans les larges églises,

Adore les vieux saints sur les murailles grises.

Une fille aux yeux bleus, entr'ouvrant son missel,

Y contemple la Vierge et l'ange Gabriel,

Pendant que, pour la voir, dans la chapelle obscure

Se cache un imprudent que trahit sa tonsure ;

L'orgue bruyant rugit, la foule lui répond,

Une ivresse infinie éclaire chaque front ;

Et le prêtre, debout au pied du sanctuaire,

Lève son œil hautain qui commande à la terre.

Oh ! si j'avais vécu dans ces jours bienheureux,

Je n'aurais pas écrit des sonnets amoureux,

Mais, revêtant joyeux l'étole et la chasuble,

Au lieu des oripeaux dont notre orgueil s'affuble,

J'aurais pris de la Foi le glaive dévorant,

Pour défendre l'Église et le vieil Hildebrand.

Dors bien, pauvre insensé, dans ta tombe profonde !

Tu voulais, plein d'amour, donner la paix au monde,

Et, délivrant du faix le peuple surchargé,

Remettre le pouvoir dans la main du clergé.

Mais, prends garde à César ! ses sicaires te frappent,

De ta mourante main les deux glaives s'échappent,

Et, las d'avoir rêvé de moins sinistres jours,

Dans ta tombe, Hildebrand, tu t'endors pour toujours !

XXXIX

LE DERNIER PRINTEMPS.

Voici le beau printemps qui reparaît encore,
Doux, charmant, embaumé, le voici revenu,
Donnant plus de fraîcheur aux roses de l'aurore,
Et versant le repos dans le cœur méconnu ;
Avec ses yeux d'enfant, plus tendre, il me regarde,
Je le vois qui sourit, je l'entends me parler :
« Ne crains rien, me dit-il, je te prends sous ma garde,
Poëte maladif que je veux consoler. »

Le peuplier tremblant retrouve sa parure,

La mésange refait son nid dans les roseaux ;

Et, pour remercier la clémente nature,

Dans les bosquets touffus gazouillent les oiseaux.

Si la joie est partout, mon cœur aussi veut vivre,

O mes yeux alourdis, n'allez pas vous fermer,

Lorsque la primevère, en écartant le givre,

Nous fait voir que le jour est revenu d'aimer.

Attends encor, printemps, ne hâte pas ta course,

Dans les cieux parfumés ralentis ton essor ;

Couche-toi sur le pré, baigne-toi dans la source,

Fais dans l'azur léger frémir tes ailes d'or !

Et quand mon âme frêle aura fui de ce monde,

Va trouver de ma part, messager fraternel,

La prairie éloignée où l'avoine est si blonde,

Et les tilleuls fleuris, et le toit paternel.

Tu reconnaîtras bien, sylphe aux ailes rapides,

Le ruisseau bouillonnant et ses tremblantes fleurs

Qui, penchant sur les eaux leurs pétales humides,

Aux plaintes du bouleau répondent par des pleurs ;

C'est là qu'il faut fleurir avec plus d'abondance,

Défends le vert jardin de l'hiver glacial ;

Et si tu vois ma sœur qui soupire en silence,

Murmure à son oreille un salut amical.

Dis-lui, beau messager, que je dors sous la terre,

Qu'un tombeau près des miens ne me fut pas donné,

Mais que je méritais un destin moins sévère,

Car je suis resté bon ainsi que j'étais né.

Mon âme fut toujours à l'amitié fidèle ;

Si parfois j'ai failli, c'est par excès d'amour,

Et mon ange gardien, en étendant son aile,

Jamais, honteux de moi, ne s'est caché du jour.

Pars donc, printemps chéri, puisque l'été t'appelle,

Fais tomber sur mes yeux la neige du pommier ;

Fais germer de mon cœur la rose et l'immortelle,

Et dans mon noir cyprès chanter le bleu ramier.

Que des fleurs en mon sein je porte les racines,

Et qu'en les respirant, la fille aux yeux d'azur,

Sentant frémir en soi des haleines divines,

Prolonge à l'infini son rêve tendre et pur.

XL

L'OLYMPE.

Voulant me dérober, pour suivre ma pensée,

A l'éternel reflux de la foule insensée,

Qui, sans chercher quel Dieu lui mesure ses jours,

En face du néant rit et chante toujours,

Comme s'il était bon, quand la mort est prochaine,

D'oublier quel lien au tombeau nous enchaîne,

Je résolus d'aller voir de plus près les cieux,

En montant les sentiers de l'Olympe neigeux.

Prenant donc un poignard et ma pelisse rousse,

Je poussai mon cheval dans la ville de Brousse,

Où quelques musulmans, endormis au hasard,

Montaient la garde en songe aux portes d'un bazar,

Et j'atteignis du mont les premières assises,

Comme l'aube dardait ses lueurs indécises.

Ici, la solitude est douce au cœur charmé ;

D'un arome flottant le sol est parfumé,

Sur les buissons rougit l'épineuse framboise ;

Partout, de frais sentiers qu'un brusque torrent croise !

La molle clématite, enlacée en berceaux,

Penche ses frêles fleurs sur l'argent des ruisseaux ;

Les blancs convolvulus, avec leurs mille cloches,

Couvrent comme un réseau le flanc sombre des roches ;

Et la vigne sauvage, au fond du bois fleuri,

Fait serpenter ses fruits qui n'ont jamais mûri.

Les bienfaisants noyers, les hêtres pleins de faines,

Coudoient les aunes verts et les robustes chênes;

13

Le platane géant s'entr'ouvre en éventail,

Narguant la main de l'homme et la dent du bétail.

Dans les rameaux cachés, les fauvettes, les grives,

Unissent leurs chansons à celles des eaux vives ;

Le merle provoquant siffle son cri moqueur,

Les cigales de loin lui répondent en chœur ;

Et, pour jeter près d'eux un écho de la lyre,

Dans les taillis touffus le rossignol soupire !

Je n'oublierai jamais ce moment enchanté,

Où mon cœur, plein d'extase et plein de volupté,

S'enivrait lentement de la nature verte,

Pendant que je montais la montagne déserte.

L'aurore en souriant de loin me regardait,

La solitude entrait dans mon cœur qui fondait ?

Parfois, quand le sentier tournant sur une pente

Interrompait sa route où le fraisier serpente,

Tout à coup, comme en scène au lever du rideau,

Je voyais à mes pieds s'étendre en vert plateau

La plaine du Lufer, où l'aube diaprée

Recouvrait les hameaux d'une gaze dorée,

Et la ville de Brousse avec ses minarets

Qui mêlent leurs croissants aux flèches des forêts,

Et le mont Arganthon, sur qui les folles brises

Faisaient en gais flocons trembler les vapeurs grises.

Mais comme le plaisir conduit l'homme à la mort,

Je regardai le ciel et m'élançai plus fort.

Voici le souple érable et les feuilles du frêne,

C'est ici que vraiment la solitude est reine;

La bruyère fleurit, entourant les vieux troncs,

Les rochers sont perdus dans les rhododendrons;

Les bras des châtaigniers, couverts de mousse jaune,

Indiquent les confins de la seconde zone.

Plus d'oiseaux babillards! A peine la perdrix,

Craintive, pousse-t-elle, en fuyant, quelques cris!

Toutefois on entend glapir la gelinotte,

Et du ramier peureux la roucoulante note.

On sent que près d'ici la verdure finit,

Et qu'au gazon des bois succède le granit.

Je traverse à grands pas des clairières énormes

Où, demi-consumés, gisent des troncs informes,

Qui, dans les noires nuits, par la foudre frappés,

Étincellent en haut des versants escarpés,

Et, brûlant les sentiers où le chamois seul grimpe,

Météores sanglants, rayonnent sur l'Olympe !

Les pâtres du vallon, à leur rouge lueur,

Se signent par trois fois et tremblent de terreur !

Les chemins sont ardus, je glisse sur les pierres ;

Le cuir de mes souliers, poli par les bruyères,

M'empêche d'avancer, et je tombe souvent,

Comme un rameau léger que ballotte le vent.

Mais voici les sapins avec leurs longues tiges,

Voici la région des tournoyants vertiges,

La région sauvage où ruisseaux et torrents

Bondissent à l'envi sous les cieux fulgurants.

Les rochers sont luisants, car l'eau verte les lave;

Comme au milieu des bois elle n'est plus esclave,

Et, roulant les vieux troncs dans son cours indompté,

Elle laisse au hasard le désert dévasté.

Les sapins ébranlés se rompent en massues;

La cascade frémit sur les pierres moussues,

Partout, des rocs brisés, des arbres fracassés,

Des rameaux par le vent ou l'éclair dispersés;

Des sapins chevelus que l'eau qui s'extravase,

Fait pencher à demi, les rongeant par la base;

De l'antique nature on pense voir les os,

C'est ici que le ciel n'est jamais en repos !

Montons encor plus haut, vers l'impassible zone

Où le cœur exalté prend la neige pour trône :

Plus d'arbre ni d'arbuste ! A peine on voit encor

De la terre aux abois, faible et dernier trésor,

Le grossier raisin d'ours, et la tendre myrtille

Qui balance le givre à sa tige subtile.

Le noir genévrier montre son fruit vermeil,

Mais ici l'air glacé triomphe du soleil,

Et même au mois de mai la pâle primevère

Ne s'ouvre qu'à demi dans la maigre bruyère.

Je sentis un regret pénible à supporter,

Et, pour l'anéantir, voulus encor monter.

L'air était si chargé de vent froid et de neige

Qu'au lieu de l'Orient on eût dit la Norvége.

Ma bouche ne pouvait parler ni respirer;

Mon cœur me tourmentait, j'aurais voulu pleurer,

Mais la bise du Nord qui sifflait dans les pierres,

Gelait mes pleurs tremblants au bord de mes paupières!

Cependant le sommet fut bientôt sous mes yeux,

Et vers l'horizon pur je me tournai fiévreux :

Salut ! voûte sublime où dansent les étoiles,

Sylphes étincelants, couverts de légers voiles !

Salut! mer bondissante où le vaisseau hardi

Descend joyeusement du Nord vers le Midi !

Salut! terre charmante où les bois et les plaines,

Ombragés de rameaux qu'agitent mille haleines,

Pénétrant dans le cœur, bercent incessamment

De l'homme, être chétif, la joie et le tourment !

D'ici je vous vois mieux, un air bleu m'environne,

Qu'épure le torrent, que la neige couronne,

Et planant fièrement sur le golfe aux flots verts,

Je me sens aujourd'hui le roi de l'univers.

Autour de moi s'étend la belle Anatolie,

Qui se rappelle encore avec mélancolie

Les siècles éloignés où le divin chanteur

Consolait les humains de son baume menteur.

Au Nord, la sombre mer dont le marin s'effraie,

S'épuise à résister au vent qui la balaie ;

Là-bas, Constantinople et ses nobles palais

Où grouille, tête rase, un peuple de valets,

Projette sur l'éclat d'un empire célèbre

Son étendard chargé d'un symbole funèbre!

Parlez-moi, monuments de cette antiquité

Qui se laissa mourir, quand, par Vénus quitté,

L'Olympe des grands dieux, sous l'œil d'un géomètre,

Perdit sa cour splendide et son glorieux maître,

Et montrant son sommet, qu'on aurait dû cacher,

Au lieu d'un palais d'or ne fut plus qu'un rocher !

Voici la mer sinistre, et dont les Argonautes,

Héros au cœur d'airain, furent les premiers hôtes ;

Le Gargare et l'Ida, qui virent autrefois

La mère de l'Amour se soumettre à ses lois ;

Le Granique fangeux qui servit Alexandre,

Quand de l'Asie éteinte il remua la cendre ;

Le Pont, où Mithridate, effrayant les Romains,

Livrait à ses vainqueurs des combats plus qu'humains ;

Nicée, où les Latins, prenant la croix pour guide,

Ouvrirent à Renaud les verts jardins d'Armide ;

Et la Phrygie, enfin, où Tamerlan vainqueur

Fit tomber Bajazet, en le frappant au cœur !

Mais si l'histoire est grande avec ses luttes sourdes,

Ses combats acharnés, ses épreuves si lourdes,

Ses bouleversements qui dévorent les rois,

Sans effrayer l'oiseau ni la fleur dans les bois,

Il est un autre monde et plus vaste et plus large

Où chaque être se plaint, portant aussi sa charge;

Regardez-le d'ici, sur le sommet géant :

C'est le ciel qui toujours lutte avec le néant.

Le vulgaire n'y voit que paix et que silence,

Il croit que sans effort sur son axe il balance,

Et que jamais le feu cruel n'a sillonné

Ses astres rayonnants d'où notre globe est né.

Mais ce que les Titans gardent dans leur histoire,

N'est pas contre l'Olympe un vain réquisitoire,

Car, dans les mornes cieux, des sphères s'allumant

Entretiennent partout la rage et le tourment.

La substance première, en tourbillons rapides,

Éclaire l'infini de lumières livides;

13.

Des astres convulsifs, fœtus demi-formés,

Se présentent le flanc, d'étincelles armés,

Et, jaillissant entre eux, d'effroyables orages,

Sans jamais s'arrêter, durent pendant des âges !

Quelquefois, se heurtant par un coup monstrueux,

Ils laissent échapper des sanglots douloureux,

Et le vaincu, poussé de la hauteur sublime,

Tombe éternellement dans l'éternel abîme.

Ainsi, partout le mal et partout le combat,

La matière partout sous l'esprit se débat;

Le ciel est une arène, où comme sur la terre

La bataille rugit, insondable mystère !

Et lorsque le soleil, en s'éloignant des prés,

Inonde de ses feux les horizons pourprés,

Qui sait si ce n'est pas une averse sanglante

Qui découle d'en haut sur la terre tremblante ?

XLI

AU COMTE A. DE V.

O voyageur divin, portant à vos épaules

La harpe de Sion, la harpe aux cordes d'or,

Pour consoler la vierge en larmes sous les saules,

Vous avez de vos chants prodigué le trésor !

Tantôt dans le désert où méditait Moïse,

Tantôt près de la rive où Symétha pleurait,

Tantôt sous la nef sombre où priait Héloïse,

Vous redisiez les vers qu'un Dieu vous inspirait.

Aussi, quand le désir, que rien ne désaltère,

Ni le pâle savoir, ni les amours humains,

Veut dans son vol hardi, s'élançant de la terre,

De l'Éden oublié suivre les bleus chemins ;

O poëte, par vous il plane dans l'espace,

Sur vos ailes de flamme il franchit les sommets,

Et raillant l'aigle fier ou le vautour qui passe,

Se bercent dans des cieux qu'ils n'atteignent jamais !

Et quand, redescendu sur la terre en délire,

Il entend les humains rugir ou blasphémer,

Écoutant dans la nuit résonner votre lyre,

C'est par vous qu'il pardonne et sait encore aimer !

XLII

L'ÉCHELLE DE JACOB.

Si j'avais, comme toi, vu resplendir en rêve
Le mystique escalier qui jamais ne s'achève,
Et dont le faîte obscur se mêle avec les cieux,
Pour juger si c'était délire ou bien mensonge,
Je n'aurais pas ici continué mon songe,
Mais porté plus avant mon pied audacieux;

Me joignant sans frayeur à la foule des anges,

Tour à tour j'aurais vu les divines phalanges

Qui chantent l'Infini dans les astres lointains ;

Traversé d'un coup d'œil la multiple étendue,

Et pour quelques instants mon aile détendue

M'aurait laissé pleurer sur les soleils éteints.

Montant, montant toujours sur l'échelle sans terme,

J'eusse peut-être vu celui que rien n'enferme,

Au fond du ciel doré, dans sa gloire trônant ;

Et mon cœur transporté de frayeur et d'extase,

Comprenant l'univers du sommet à la base,

Eût pu connaître enfin le nom du Dieu tonnant.

Car un désir me brûle, et, pour le satisfaire,

Comme les vieux Titans, étouffés sous la terre,

J'empilerais les monts, sur ma force appuyé ;

Je bâtirais Babel pour atteindre la nue,

Quand même je saurais qu'une main inconnue

Doit sur le haut sommet m'étendre foudroyé.

Tu vas recommencer, ô démence sublime,

O gigantesque effort de l'âme magnanime,

Qui dressa l'homme antique en face de ses dieux ;

Nous voulons voir enfin ce que le ciel enserre,

Et, comme des vautours à la puissante serre,

Conquérir une proie au fond des éthers bleus.

Si nous sommes vaincus dans la lutte éternelle,

Si l'éclair nous atteint et fracasse notre aile,

Dieu saura pardonner à l'élan du désir ;

Et nos esprits portés sur le flanc des tempêtes,

En traversant l'azur où leurs palmes sont prêtes,

Verront briller la ville aux dômes de saphir.

Réveillez-vous, géants des légendes fatales,

Sur le sable, ô Babel, relève tes spirales,

Tressaille, Prométhée, et calme ton grand cœur ;

Voici l'homme asservi qui retrouve sa gloire,

Éclairé par l'Amour, il recommence à croire,

Et dans le Paradis pose son pied vainqueur !

XLIII

A BÉRANGER.

Vieux amis de quinze ans, nous n'irons plus ensemble
  Sous les chênes d'Auteuil,
Car l'impassible mort, qui sépare ou rassemble,
  Me fait porter ton deuil !
Jamais nous n'irons plus écouter les feuillages
  Dans les chemins couverts,
Et regarder de loin le chaume des villages
  Quand les bois seront verts.

La nature a repris ta dépouille mortelle,

O mon meilleur ami !

Et le doux chansonnier, à la France fidèle,

Hélas ! s'est endormi !

Je ne monterai plus, dans l'hôtel de Vendôme,

L'escalier ténébreux,

Pour entendre ta voix qui coulait comme un baume

Sur mon cœur douloureux.

Tu savais plus d'un mot pour guérir les blessures

Des rêveurs accablés ;

Ils retrouvaient par toi leurs illusions pures

Et sortaient consolés.

Ta vie était une œuvre admirable et sacrée,

Car tu faisais le bien ;

Et donnant tout ton cœur à la mère éplorée,

Tu recevais le sien.

Je te revois encor quand attristé par l'âge,

Dans le grand corridor,

Tu nous reconduisais, ô vénérable sage,

Poëte au verbe d'or !

La vieillesse pesait sur ta tête si blanche,

Déjà prête à mourir,

Et ton corps se courbait comme une lourde branche

Qu'octobre a fait mûrir.

Mais ton front paternel, révélant ton génie

Qui rayonnait toujours,

Nous laissait lire en toi la tendresse infinie

Dont étaient pleins tes jours.

Eh quoi ! tu t'es couché dans la tombe profonde !

Tous ceux que j'ai connus

Me montrent donc la route, en s'approchant du monde

Où l'on marche pieds nus !

Henri fut le premier qui déploya son aile ;

Après lui Lamennais

Voulut savoir s'il est une terre nouvelle

Où règne enfin la paix.

Judith partit bientôt, Béranger, sans t'attendre,

Et, vaincu par sa mort,

Ton cœur découragé ne voulut rien entendre,

Tu cessas d'être fort ;

Ton esprit si robuste, attiré vers sa tombe,

Ne languit pas longtemps,

Et tu t'en fus vers elle, ainsi qu'une colombe

Qui cherche le printemps.

Le destin est cruel de frapper sur les têtes

Qu'il devrait respecter !

Qu'il enlève le riche au milieu de ses fêtes,

Lui faisant tout quitter,

Mais qu'il nous laisse à nous les rêveurs et les sages

Pour calmer nos douleurs,

Et qu'il ne couvre pas nos cœurs et nos visages

Incessamment de pleurs !

Cependant, nous étions si remplis d'allégresse,

Quand tous deux réunis,

Dans les sentiers d'Auteuil nous parlions de la Grèce

Et des siècles finis !.

Ta parole animée et toujours éloquente

Ne pouvait s'épuiser ;

Athène eût couronné ton large front d'acanthe

Pour te diviniser.

Ta tranquille vieillesse était presque une aurore ;

En regardant tes yeux,

Sous leur voile d'argent on pouvait lire encore

Un mot mystérieux,

Celui qui fait de l'homme un écho de la lyre,

Le mot qui dit : « Chantez,

Pour que les airs divins où votre âme soupire

Soient par tous écoutés. »

Tu remplis jusqu'au bout ton rôle de poëte,

Admirable ouvrier,

Et la France, en rêvant, fit verdir sur ta tête

Un éternel laurier.

Mais le plus noble prix de tes chants populaires

Sur la tombe où tu meurs,

C'est le morne silence et les larmes sincères

De la patrie en pleurs !

XLIV

BLASON.

A Madame N*** de B***.

Je n'ai pas du blason oublié les figures,

Et, disciple attentif, bien que vous fussiez loin,

Souhaitant un retour qu'annonçaient les augures,

Du vieux Ménestrier j'ai lu le baragouin.

J'ai même écrit un jour, à nos aïeux fidèle,

Un article savant, tout d'argot hérissé,

Où j'ai bien malmené la noblesse nouvelle

Qui prétend copier les splendeurs du passé.

Car les modernes ducs avec leurs crocodiles,

Leurs canons en sautoir, et leur émail suspect,

Bien que je ne sois rien qu'un rimailleur d'idylles,

N'ont jamais dans mon âme éveillé le respect.

Leur blason est trop simple, et jamais il ne porte

De ces choses sans nom qui tordent le cerveau,

Une guivre au corps bleu, rongeant une enfant morte,

Un lézard essoufflé, chargé d'un soliveau !

Voilà ce qui me plaît, voilà les beaux symboles

Où le temps féodal s'exprime tout entier ;

Le blason d'aujourd'hui ne vaut pas deux oboles,

Pour retrouver le vrai, cherchons le vieux sentier.

A la voix de Nancy, levez-vous, pals sans nombre ;

Viens diviser l'écu, chevron des Richelieu ;

Que le soleil se montre, entouré de son ombre,

Avec un disque d'or qui scintille au milieu ;

Peins-nous les vieux châteaux, grillage de la herse,

La splendeur de l'église, ô triple gonfanon !

Vainement aujourd'hui le progrès vous renverse,

Symboles d'autrefois, vous gardez votre nom.

Tout un monde par vous s'élance de la tombe,

Le moyen âge ardent, pittoresque, inspiré,

Qui faisait en priant descendre la colombe

Sur l'église splendide et l'humble prieuré.

Lorsque d'un vieux blason je feuillette les pages,

Je vous revois encore, ô jours évanouis ;

Des temps qui ne sont plus vous m'offrez les images,

Et le passé renaît sous mes yeux éblouis.

Je traverse la mer au flanc de l'hirondelle,

Pour suivre en Orient la troupe des Croisés;

La Vierge m'apparaît : m'agenouillant près d'elle,

Je couvre ses pieds saints de pleurs et de baisers.

Le faucon *empiétant* m'emporte dans sa chasse,

Je traverse le pont en donnant mon denier,

D'un surtout éclatant je charge ma cuirasse,

J'attache fièrement à mon heaume un cimier,

Et quand les lambrequins, déroulant leur verdure,

De l'écu chatoyant abritent les supports,

Je revois les forêts où la vie était pure,

Car la croix s'élevait au front des châteaux forts.

Mais si tout a passé de ces vaines merveilles,

Si le pauvre blason n'est plus qu'un souvenir,

Si l'obstiné Bara perd le fruit de ses veilles,

S'il n'est plus maintenant d'oriflamme à bénir,

Il nous reste, Madame, encore des sirènes,

Pour qui l'on eût jadis fait plus d'un carrousel;

Dans l'écusson d'azur elles ne sont plus reines,

Et portent aujourd'hui leurs yeux *au naturel*.

Les préférer serait une folie étrange,

Puisque j'ai défendu la gloire du passé,

Et pourtant je soutiens, voyez comme l'on change,

Que leur regard vaut bien un *chevron potencé*.

XLV

ALPHA ET OMÉGA.

Si j'avais pu marquer l'instant de ma naissance,
J'aurais choisi de naître aux jours où le silence
Couvrait encor le sol d'animaux dépourvu ;
Où, de vastes forêts peuplant les solitudes,
Les tulipiers géants, les palmiers aux troncs rudes,
S'élançaient du désert que Dieu seul avait vu ;

14

Montant sur un sommet pour dominer la terre,

J'aurais senti vibrer dans mon cœur solitaire

Le vigoureux élan du monde primitif;

Et, transporté d'ivresse en voyant la nature

S'agiter à mes pieds sans nulle créature,

Au vent j'aurais jeté mon appel fugitif :

« Puisque l'homme ici-bas n'est pas encore esclave,

Berce-moi sur la pente où bouillonne la lave;

Je veux voir le feu rouge en gerbes s'arrondir,

Et le sombre granit fondu comme la cire,

Entraîné lentement vers la mer qui l'attire,

Du haut de la falaise en rugissant bondir !

« Pour te suivre en ton vol, fier ouragan, que n'ai-je

La hauteur du sapin et du sommet sans neige !

Que ne puis-je toucher l'Éther avec ma main,

Traverser d'un effort les torrents et les fleuves,

Et, brisant les rameaux, fouler les terres neuves

Où nulle race encor n'a tracé le chemin! »

Mais si le temps, agile et pressé dans sa course,

Ne recule jamais vers sa distante source,

Si Dieu même ne peut ranimer le passé,

Alors je veux rester jusqu'au jour où la terre,

Se dépeuplant enfin par la peste et la guerre,

N'aura plus rien entre elle et son Dieu courroucé.

Je veux voir les cités, s'écroulant en ruines,

Justifier enfin les menaces divines,

Et le travail humain partout s'anéantir ;

Les dômes élégants s'écailler dans les herbes,

Et jetant son réseau sur les palais superbes,

D'un linceul ténébreux le lierre les vêtir !

Ne serait-il pas beau, lorsque la race entière

Des hommes dormirait au fond du cimetière,

De parcourir un sol, de souvenirs rempli,

En disant : « C'était là que riait Aspasie,

C'était là qu'Alexandre épouvantait l'Asie,

Et tout a disparu dans l'ombre et dans l'oubli !

« Moi seul, j'ai pu survivre à toute décadence,

Il n'est plus sous les cieux qu'un seul être qui pense,

Dieu n'a plus qu'un témoin pour son vaste univers ;

Un seul homme debout sous l'étendue immense,

Sait où finit la vague, où l'éther bleu commence,

Et suit d'un œil hautain le flot troublé des mers ! »

Qui sait ce que dirait dans le fond de sa nue

Ce Dieu qu'on prie en vain, cette force inconnue

Dont l'invincible éclair se plaît à foudroyer,

En voyant à ses pieds un homme, un ver de terre,

En face de la mort garder un front austère,

Et contempler les cieux sans craindre ni plier ?

XLVI

LE CIMETIÈRE.

Lorsque j'eus traversé la forêt de vieux chênes,
J'aperçus dans le pré des filles qui fauchaient;
Le soleil était haut, et sur les grandes plaines
S'élevait un brouillard des toiles qui séchaient.

« Vous qui, dans le blé mûr maniez la faucille,'
Oh ! n'auriez-vous pas vu, leur demandai-je alors,
Une enfant aux yeux bleus, une charmante fille ?
— « Elle n'est plus ici, cherche parmi les morts !

14.

« Voici bien huit grands jours qu'on l'a portée en terre,

Aussi, brun voyageur, pourquoi tarder autant ?

Elle a redit ton nom en embrassant sa mère :

Saluez de ma part celui qui m'aimait tant ! »

— « Eh bien ! puisqu'elle dort, indiquez-moi la couche

Où rêve en m'attendant la fille au front si pur. »

— « Va-t'en près du rocher qu'un vert érable touche,

Au bout du long sentier, qui côtoie un vieux mur. »

Et, deux fois, j'ai cherché sans rien trouver encore ;

Mais la troisième fois, enfin, j'ai rencontré

Le tertre souriant qu'un frais rosier décore,

Le tombeau gracieux d'immortelles paré.

« Qui vient, dit une voix, marchant dans la rosée,

Troubler la solitude et le repos des morts ? »

Laissant tomber ma main de larmes arrosée :

« Tu m'entends donc, enfant, dans la fosse où tu dors ? »

— « J'ai reçu tes présents quand nous devions ensemble

Nous unir à l'autel, et leur doux souvenir,

Comme ils sont loin de moi, fait qu'ici mon cœur tremble !

Ton voile et ton anneau m'empêchent de dormir.

« Va-t'en donc chez ma mère, aujourd'hui triste et veuve,

L'anneau d'or, cher ami, jette-le dans le feu;

Le voile nuptial, jette-le dans le fleuve,

Et mon cœur se taira pour ne penser qu'à Dieu ! »

XLVII

LES FILLES POËTES.

Zoïtsa, dont les yeux brillaient comme une étoile,
Commença de la sorte, en relevant son voile :

« Que j'aime la prairie et le golfe azuré
Dont le flot vient mourir près de Buyuk-Déré ;
Dans le gazon s'unit un groupe de platanes,
Couvrant de ses rameaux les folles paysannes :

Sur les débris des dieux que la Grèce invoqua,

Regardez-les danser une romaïka !

On voit jouter ici des cavaliers rapides,

Ils vont comme l'éclair, et les filles timides,

Admirant leurs chevaux, parés de housses d'or,

Entourent le hamac où la sultane dort,

Pendant qu'un indiscret, un Frangui, j'en suis sûre,

Soulève ses rideaux pour lui voir la figure !

Ce peuple qui s'agite au soleil d'Orient,

Semant partout la joie et le rire bruyant,

Dans son essor confus semble un essaim d'abeilles

Pour qui le doux printemps entr'ouvre ses corbeilles. »

Et lorsqu'elle eut fini, la charmante Phroso,

Baissant un peu le front, chanta comme un oiseau :

« Tout ce vain tourbillon, ces plaisirs éphémères

Pour un cœur sérieux ne sont que des chimères.

Je sais une fontaine au murmure argentin,

Où l'âme peut en paix songer à son destin.

On y trouve toujours le repos qu'on désire ;

C'est là que de l'Euxin le dernier flot expire ;

On y voit s'agiter, symbole de nos cœurs,

Les fragiles vaisseaux battus des vents moqueurs ;

Et l'on entend crier, en foulant ces rivages,

Les passereaux hardis et les ramiers sauvages.

Dans le tronc d'un cyprès qui domine la mer,

Croît un maigre figuier dont le fruit est amer,

Et qui, plus d'une fois, dans l'orage et la brume,

Voit la vague l'atteindre, et se couvre d'écume :

Image de la vie et des vaines douleurs,

Car elle est bien amère, et grandit sous les pleurs !

Oh ! que j'aime à rêver sur cette morne plage,

Seule avec ma pensée et parlant au nuage,

Qui, plus heureux que moi, se berce dans les cieux ;

Mais mon esprit pénètre où s'arrêtent mes yeux ! »

Ainsi vous me parliez, ô douces sœurs d'Hélène,

Sœurs au regard charmant, à la suave haleine,

Près de qui j'ai vécu, souvenirs fortunés,

Les jours les plus heureux que les dieux m'aient donnés !

Oui, soit que d'un pied sûr gravissant la montagne

Où l'aède a toujours la muse pour compagne,

Soit que tout jeune encor, sous le ciel du Midi

J'aie osé défier plus d'un sommet hardi,

En respirant, joyeux, l'odeur des vertes herbes

Qui s'étendent au sol ou fleurissent en gerbes,

Jamais je n'ai senti, jamais je n'ai goûté

Ni cet enchantement, ni cette volupté !

Oh ! mon cœur fasciné se rouvre quand j'y pense :

La rêveuse Phroso me parle de la France,

Zoïtsa la lutine, et dorant le ciel clair,

La lune en souriant se lève sur la mer....

Hélas ! tu n'es plus rien, ô Grèce autrefois sainte,

L'Osmanli te possède et ta gloire est éteinte.

Mais un jour peut venir où sortant du tombeau

Tes fils raviveront l'éclat de ton flambeau.

Constantinople est turque, et sur Sainte-Sophie,

Symbole du Sauveur, le croissant te défie;

Le sang, jadis versé par un Mahomet Deux,

A laissé sur les murs son stigmate hideux !

Je vous hais, Osmanlis, bourreaux à tête rase,

Votre histoire est peut-être à sa dernière phase,

Et l'Europe bientôt, loin du tombeau du Christ,

Rejettera le Turc, misérable et proscrit.

Mais que m'importe à moi, si, mendiants serviles,

En demandant du pain, vous allez par les villes,

Et si le fier raïa, content de se venger,

Vous crache sur le front pour mieux vous outrager !

O vils représentants de la race tatare,

Vous avez trop longtemps, sous votre main barbare,

Écrasé le chrétien, dont les sourds cris d'effroi

Encore maintenant arrivent jusqu'à moi.

Il faut qu'à votre tour, repassant le Bosphore,

Vous sentiez dans vos cœurs le regret qui dévore,

Et que, recommençant une ère de douleurs,

Vous soyez châtiés comme sont les voleurs !

Car enfin, savez-vous, au jour épouvantable,

Où Mahmoud fit poser des têtes sur sa table,

Où les morts empilés, comme au temps d'Attila,

Disaient à tout venant que le Turc était là,

Le ciel ne tonna pas, sa colère cachée

Laissa Constantinople en son grand deuil couchée,

Et vous pûtes planter, dans son flanc entr'ouvert,

Votre sabre à fil courbe et votre étendard vert !

Mais le sang qui coula fut un sang trop auguste,

La vengeance viendra, car la vengeance est juste !

Quand Stamboul, balayé par le feu des canons,

Des enfants d'Orthogrul oubliera tous les noms;

Que le dernier sultan, cousu dans une toile,

En se rongeant les poings, maudira son étoile;

Que nos chevaux, ayant du sang jusqu'au poitrail,

Feront sauter d'un bond les portes du sérail,

Et que, libres enfin, les Almés, fleurs craintives,

Dans de stupides bras ne seront plus captives ;

Je viendrai de nouveau, dans la noble cité,

Présenter un doux rêve à mon cœur exalté,

Et rappeler les jours, hélas ! trop près encore,

Où le ciel sur mon front faisait luire une aurore,

Où j'ignorais, rempli d'un songe parfumé,

Et si j'aimais moi-même, et si j'étais aimé !

XLVIII

HYMNE BIBLIQUE.

J'ai longtemps contenu le feu de ma colère,

Mais mon cœur qui me brûle, enfin veut s'épancher ;

Ce n'est plus dans les bois que siffle la vipère,

Le vautour malfaisant n'est plus sur le rocher.

Tous les êtres haineux sont habitants des villes,

Ils y versent à flots le fiel et le poison,

Et, creusant l'âme humaine en traits indélébiles,

Sous un vertige obscur étouffent la raison.

La nature n'est plus cette mère adorée

Qui réconforte l'âme en l'approchant des bois;

Le ciel même a perdu sa lumière dorée,

Les prés sont sans verdure, et les chanteurs sans voix.

En tout lieu, des cités une vapeur s'élève,

Qui jette sous la nue un linceul étouffant;

La vierge, en rougissant, ne poursuit plus son rêve,

Et de venin la mère abreuve son enfant.

C'est l'or, trois fois maudit, qui nous tue et nous ronge;

Insensé fut celui qui le tira du sol,

Et, remplaçant le vrai par un hideux mensonge,

Créa dans l'univers l'avarice et le vol !

Autrefois, les humains, en de pauvres cabanes,

Vivaient tranquillement, riches de leurs vertus;

Mais aujourd'hui le vice a gagné les savanes,

Et, frappés de terreur, les sages se sont tus.

Ah ! malheur à celui qui garde le silence,

Lorsque sa grande voix peut porter le salut;

Plutôt prendre l'épée, et la hache et la lance,

Et détruire Sion, comme Dieu le voulut !

Plutôt en mer de sang changer les larges fleuves,

Plutôt joncher le sol de blessés et de morts,

Plutôt du voile noir couvrir partout les veuves,

Que de voir le méchant triompher sans remords !

Elle arrive déjà l'époque formidable,

Qui, comète de feu, rayonne aux livres saints ;

Balthazar, effrayé, se lève de sa table,

Car il entend rugir les soldats assassins.

Des chevaux furieux les sabots retentissent ;

L'enfant troublé se cache aux bras de son aïeul,

Le vent mugit terrible, et les femmes qui tissent,

Voient le lin sous leurs doigts se tresser en linceul.

C'est Dieu qui se révèle et permet le massacre ;

Il se venge sur ceux qui l'avaient méprisé,

Et laboureur, ou prince illustré par un sacre,

Sous le fer sans merci, tout succombe brisé !

Dans l'ombre des buissons, entendez-vous les râles ?

Voyez-vous le sang tiède à torrents s'écouler,

Pendant que les Amos, redressant leurs fronts pâles,

Laissent dans leurs fiers chants leur colère hurler ?

Ils avaient gourmandé Babylone et Ninive,

Annonçant aux pervers la vengeance de Dieu ;

Mais ils tonnaient en vain, et la foule rétive

Ne les crut que le jour où descendit le feu !

Consumez-nous, éclairs, pour finir nos tortures,

Recouvre, ô sombre nuit, nos yeux épouvantés,

Car de nouveau Dieu parle avec ses créatures,

Et les anges du mal à sa voix sont montés !

Combat épouvantable, où le ciel et la terre

Broient tout être mortel, l'un l'autre se heurtant

La lune s'ensanglante et le soleil s'altère,

Les éclairs irisés ne brillent qu'un instant !

Allons ! fils avortés des Titans indomptables,

Empruntez aux vaincus leurs cœurs audacieux ;

Soyez sans peur du moins, si vous êtes coupables,

Et du sommet des monts, marchez contre les cieux !

Puisque vous maudissez la force qui vous dompte,

Entassez les rochers pour atteindre l'éther,

Et que s'il est défait, Dieu tombe dans sa honte,

Et s'en aille à son tour sangloter sous la mer !

Encelade, jadis, a brisé son lourd glaive,

En attaquant l'Olympe aux portes de cristal ;

Mais sa lugubre fin n'est peut-être qu'un rêve,

Et le destin, d'ailleurs, n'est pas toujours brutal !

Puisque vous refusez d'obéir aux prophètes,

Que vous égorgez ceux qui prêchent la vertu,

Portez un cœur vaillant au milieu de vos fêtes,

Nul ne doit succomber sans avoir combattu !

Unissant aujourd'hui vos immenses phalanges,

Faites chanter bien haut les belliqueux clairons ;

Quand vous serez encore en lutte avec les anges,

Chacun se battra pour sa cause, et nous verrons !

XLIX

A V. DE L.

Toi, dont le cœur hardi, dans les montagnes saintes,

S'abreuvant à longs traits d'un air immaculé,

Nous a rendu plus tard en vivaces empreintes

Les solennels sommets où Dieu t'avait parlé !

Reçois les mots d'amour que t'offre la jeunesse ;

Elle fuit les cités à ton mystique appel,

Et cherche dans les bois la sévère déesse

Qui fait descendre en nous la voix grave du ciel ;

S'élançant près de toi, sur les versants rapides

Que jadis l'aigle fier osait seul affronter,

Elle poursuit la nue et les horizons vides,

Car pour saisir son rêve il faut toujours monter.

Ce n'est pas ici-bas, dans les villes impures,

Que le cœur peut s'ouvrir et se faire plus grand ;

Pour oublier la vie, et guérir ses blessures,

L'âme doit se baigner aux flots verts du torrent.

Mais devant l'infini, se prenant de vertige,

Il faut à son audace un prudent conducteur ;

Car la fleur a besoin qu'on soutienne sa tige,

Et la frêle jeunesse est pareille à la fleur.

C'est toi qui, découvrant le cœur dans la nature,

Nous as guidés, joyeux, vers les larges déserts ;

Seul, on y sentirait une affreuse torture,

Mais l'homme est-il jamais seul devant les bois verts ?

15.

Il y vit plus tranquille avec le Dieu qui l'aime,

Il s'y protége mieux contre un monde grossier;

Et, n'entendant jamais le rire et le blasphème,

Marche comme un soldat couvert d'un triple acier.

Les robustes forêts lui donnent de leur force,

L'eau fraîche des ruisseaux sa blanche pureté,

Et si le soleil rend plus rude son écorce,

Avril en fait sortir les fleurs de tous côtés.

Sois donc béni par nous, ô chantre du vieux monde !

Adorateur ému des farouches Titans,

Tu fais vibrer leurs corps sous la terre profonde,

Et redonnes la vie à leurs cœurs palpitants.

Par toi, les dieux maudits sur qui Zeus règne encore,

Les fauteurs du péché, l'impudique Vénus,

Voient d'un règne nouveau blanchir la pâle aurore,

Et sur leurs socles d'or frémissent leurs pieds nus.

Ils vont venir, les jours que prédisait Eschyle

L'antique Gé, vaincue, appelle en frémissant

Ses enfants outragés par Homère et Virgile,

Mais dont le nom illustre est encore puissant.

Relevez-vous, Titans, de l'immonde poussière

Où vous ont prosternés les dieux et les rhéteurs ;

L'âme vient animer de nouveau la matière,

Et jette avec mépris le ciseau des sculpteurs.

Salut, règne attendu, règne de la nature,

Salut, chênes géants, plus beaux que l'art humain !

Quels concerts glapissants vaudraient votre murmure,

Vos nobles troncs, quels dieux dressés sur le chemin ?

Tranquille invocateur de la nuit ténébreuse

Où l'amour enfanta les plus anciens des dieux,

Vois-les sortir encor de l'urne vaporeuse,

Dont le flanc contenait et la terre et les cieux.

Une force inconnue entre dans les feuillages,

Remplit de déités les grottes et les eaux;

La Nymphe aux pieds d'argent bondit sur les rivages,

Et l'haleine de Pan frémit dans les roseaux;

Mais Jupiter, maudit, est chassé de son trône,

Tous les dieux de la forme à leur tour sont brisés;

La hautaine Junon voit tomber sa couronne,

Et Terme reste seul sur les coteaux boisés !

L'homme se pénétrant des forces primitives,

Reprend dans les forêts la robe des élus;

Et, chantant son bonheur en prières naïves,

Se construit un autel qu'il ne détruira plus !

Deviens-en le pontife, ô poëte sans tache,

Qui portes un cœur pur sous ta toge de lin,

Et, pardonnant les pleurs que la mort nous arrache,

Montre le ciel splendide au poëte orphelin.

Son âme y peut monter sur les chants de ta lyre,

Certaine, au dernier jour, d'y rencontrer un Dieu,

Celui que l'air salue et que l'étoile admire,

Qui pour souffle a les fleurs, et pour front le ciel bleu.

Voile mystérieux, son corps nous environne,

Il coule avec le flot dans le fleuve azuré,

Il tremble avec la feuille, avec l'astre il rayonne,

Et jette son regard dans le couchant doré.

Et, si de la nature il passe dans les livres,

C'est quand ta forte voix, s'élevant tout à coup,

En accords inspirés, rêveur qui nous enivres,

Chante le Dieu puissant dont l'esprit est partout.

L

LE DUEL.

Bien que sur les Titans ait résonné la foudre,

L'esprit des temps nouveaux doit enfin les absoudre

D'avoir trouvé la honte en cherchant le renom,

Car le succès n'est rien qu'un fait souvent injuste,

Et, même foudroyé, celui-là reste auguste

Qui, dans un grand combat, voit rayonner son nom !

Vous avez succombé, mais si la mort barbare

Vous entraîna vivants dans le fond du Tartare,

L'empreinte de vos mains est restée ici-bas,

Et les sommets géants lancés dans les vallées,

Les lourds blocs de granit, les roches écroulées,

Sont des signes hautains qu'on ne détruira pas !

Toujours, en contemplant notre monde en désordre,

En voyant les volcans écumer et se tordre

Comme un géant altier qu'on traîne chez les morts ;

En écoutant les flots bondir en cataracte,

Le penseur se dira : « Voici le dernier acte

Du drame qui vit Dieu lutter contre les forts !

« Posté dans son palais, au milieu des nuages,

Il a sur ses rivaux fait gronder les orages,

Et règne maintenant sans craindre d'ennemi ;

Mais le monde asservi se débat sous ses chaînes,

Et quelquefois encore il s'élance des plaines

Un volcan avorté qui menace à demi ! »

Oh ! moi dont le cœur fier ne connaît pas la crainte,

Je voudrais voir la terre, aujourd'hui presque éteinte,

Retrouver, furieuse, un ancien souvenir,

Et, bondissant soudain dans les espaces vides,

En cratères changer ses mamelles livides,

Et sur les blancs sommets le feu rouge venir !

Je voudrais voir les cieux, remplis de lueurs fauves,

Frapper de leurs éclairs les cimes des monts chauves,

Les étoiles pâlir dans l'éther incertain,

La mer se convulser en broyant son rivage,

Et, troublant la nature, une clameur sauvage

Emplir les horizons de l'espace lointain.

Dispersez-vous, piliers qui soutenez le monde,

O sombre mer, jaillis de ta couche profonde,

Soulève-toi, rideau qui caches l'infini ;

Voici le jour prédit où le ciel et la terre

Vont nous livrer enfin le mot du grand mystère ;

L'homme va triompher, à la nature uni !

Adam, lève les yeux vers l'éther qui s'entr'ouvre,

Ton supplice a cessé, car la nuit se découvre,

Regarde sans trembler le sinistre combat ;

Vois lutter vaillamment le Maître avec l'esclave,

Et le monde aux abois darder ses jets de lave

Contre le ciel brûlé, qui hurle et se débat.

Sortez de vos tombeaux, apôtres grandioses,

Dont la haute raison sondait toutes les causes,

Philosophes blanchis, successeurs des Titans ;

Formez un bataillon qui rugisse et s'élance

Vers le lieu trois fois saint où préside en silence

Celui par qui la vie est enchaînée au temps.

Laissez des éléments les forces douloureuses

S'enlacer, se ronger dans leurs luttes hideuses,

Cherchez encor plus haut la noble vérité ;

Il est un ciel suprême où rien ne se déchire,

Où les pensers du sage, où les chants de la lyre,

S'unissent pour louer la divine beauté.

Mais si, par un hasard qui m'effraie et m'atterre,

Ils n'y rencontraient rien que l'éternel mystère,

Si leurs yeux dans l'éther trouvaient le voile noir,

Qui, recouvrant Isis, aux mamelles stériles,

Empêche les cœurs purs et les âmes viriles

De conserver ici la croyance et l'espoir ;

Alors qu'un dernier deuil envahisse le monde,

Qu'il s'efface englouti par le serpent immonde

Qui, marbré de poison, se joue aux flots des mers ;

Que la paix des tombeaux s'étende dans l'espace,

Et qu'on n'entende plus, lorsque la terre passe,

Des sanglots de captifs faisant crier leurs fers !

LI

ANTITHÈSE.

Si la nature est belle avec ses paysages,
Ses gazons émaillés, ses rustiques villages
Qui jettent sur les bois leur charme souriant,
Ses fleuves argentés dont la voix tourbillonne,
Ses plaintives forêts, où la pourpre rayonne
Quand le soleil d'août se lève à l'Orient;

Le monde de l'esprit, plus fascinant encore,

De mystiques couleurs, comme elle se décore,

Comme elle, prend sa force à l'immense infini ;

Et même je ne sais, ô forêts murmurantes,

Si vous valez notre âme, où des voix déchirantes

Pleurent sur la blonde Ève et sur l'homme banni ;

Mais pourquoi demander lequel des deux l'emporte ?

Depuis que de l'Éden l'ange garde la porte,

Nous subissons la loi faite pour les pervers :

L'un, scrutant l'idéal au fond de la nature,

L'autre, niant la vie à toute créature,

Et cherchant à construire un fictif univers.

Tous rêvent tristement, le poëte et le sage ;

Une pâleur sinistre allanguit leur visage,

Car ils marchent tous deux dans un monde inconnu ;

Si le premier frissonne en écoutant les plaintes

Dont la forêt, le soir, emplit ses labyrinthes,

L'autre a peur quand Pascal lui met son âme à nu.

Il faut pourtant qu'un jour la souffrance s'épuise,

Qu'un soleil éclairant la forêt et l'église,

Les fasse jusqu'au fond sous nos yeux resplendir ;

Que pour l'homme nouveau cessent tous les mystères,

Et que son cœur avide, habitant d'autres terres,

Autant que l'Infini puisse toujours grandir !

Illuminez les cieux, ô phares des vieux âges,

Des églises en deuil percez les noirs vitrages,

Unissez le présent au passé qui s'endort ;

Vous avez autrefois guidé les races neuves,

O penseurs vénérés, et sur le bord des fleuves

Fait bâtir les cités aux sons des lyres d'or ;

Si le doute aujourd'hui nous accable et nous mine,

Vienne un Moïse encor que l'Horeb illumine,

Qu'autour de son beau front brille un cercle de feu !

Ce n'est rien de fonder sur la terre et le sable ;

Élevez, ô pasteurs, la ville impérissable

Où le cœur altéré pourra comprendre Dieu.

Dans les mythes anciens, l'âme est encor débile,

Elle écoute en tremblant la mystique sibylle,

Et l'homme infortuné qui voit Dieu, doit mourir ;

Mais pour nous, les forêts n'ont plus d'ombres épaisses,

Nous avons dans leur bain vu toutes les déesses,

Et les portes du ciel ont fini par s'ouvrir.

Les dieux créés par nous sont tombés en poussière ;

Quand nous avons sur eux porté notre main fière,

Nous n'avons rencontré que du marbre et du bois :

Les plus anciens, rongés par la dent du reptile,

Les autres, étouffés sous la ronce inutile,

Et tous, mornes débris, sans forme ni sans voix !

Les clameurs de Baruch ont tué les idoles,

Nous avons tout brisé, les dieux et les symboles,

Et livré la tiare aux rires de Luther ;

Mais si des Réformés les églises sont vides,

Les trafiquants rusés en sont-ils moins avides,

Et le poison du doute en est-il moins amer ?

Non, car un mal caché nous tourmente et nous ronge ;

Comme un homme accablé que torture un vain songe,

Nous agitons nos bras et demandons le jour !

Mais nous ne pouvons fuir la vision maudite

Qui nous montre un royaume où l'épouvante habite,

Se tordre sous le fer et le feu tour à tour !

Aux flammes du bûcher, on y verra peut-être !

La nuit sera moins noire, et l'on pourra connaître

Quel mot d'amour unit le prince et le sujet,

Quand, radieuse enfin, l'église protestante

Réhabilitera d'une voix éclatante

Le pasteur onctueux qui fit brûler Servet.

LII

LE PETIT PATRE.

Le long des murs du séminaire,
Quand le soir vient, j'aime à rêver;
C'est ma promenade ordinaire,
Souvent Marthe m'y vient trouver.

O cher amour, pourquoi, dit-elle,
Rouler en toi mille pensers?
Chante comme la tourterelle,
Sans songer aux printemps passés!

Mais Marthe n'est qu'une enfant blonde,

Moi, je suis né pour réfléchir;

Et je cherche le sens du monde,

Dussent mes cheveux en blanchir.

Ah ! si j'avais comme tant d'autres

Ouvert les livres des savants,

Lu les Docteurs et les Apôtres,

Autant les morts que les vivants;

J'en saurais bien long à cette heure,

Et mon esprit lourd comprendrait

Pourquoi, lorsque la mère pleure,

Son enfant pourtant disparaît.

Ils savent tout au séminaire,

C'est pourquoi j'y reviens, songeur,

Épier la faible lumière

Qui brille aux vitraux du prieur.

Il est là, le moine au teint pâle,

Au grand front déjà dévasté ;

Il n'est pas brûlé par le hâle,

C'est l'étude qui l'a voûté.

Quand il passe dans les avoines

En me criant : « Bonjour, garçon,

Il faut venir avec mes moines ! »

Sa voix me donne le frisson.

J'aimerais pourtant ce vieux cloître

Où le froid vous glace les os ;

Dans la cour on voit l'herbe croître,

Le bassin est plein de roseaux !

Le prieur y transporte l'âme

Bien loin de Marthe et des champs verts ;

Mais sans l'amour, qu'il raille et blâme,

Comment donc irait l'univers ?

Moi, j'aime Marthe et son corsage

Où fleurit la rose des champs ;

Tout lui sourit sur son passage,

Les oiseaux redoublent leurs chants.

Or, si j'entrais au monastère,

Adieu la danse et la gaîté !

Il faut prendre un visage austère,

Quand pour Dieu l'on a tout quitté.

J'aurais peur dans ces longues salles,

Où les moines, les yeux baissés,

Lisent, en rêvant, sur les dalles

L'épitaphe des trépassés.

Cependant, lorsque pour les frères

J'apporte du pain et des fruits,

J'aime à lire aussi sur les pierres

Des tombeaux à moitié détruits.

Cheminant entre les ogives

Du cloître aux piliers chancelants,

Je songe au voyage des grives

Que je vois partir tous les ans.

L'âme, elle aussi, fait son voyage

Lorsque son hiver est venu,

Et s'envole avec le feuillage

Qui part, laissant le rameau nu.

Mais si la destinée est telle,

N'est-il pas d'un esprit prudent,

Pour penser à l'âme immortelle,

De se faire moine au couvent ?

A l'aurore, en chantant matines,

Comme le soir, à l'Angélus,

On songe aux promesses divines,

On habite avec les élus !

Il faudrait, n'en déplaise au Père,

Être la nuit sous les arceaux

Du cloître, dans le séminaire,

Et le jour sous les arbrisseaux !

Ainsi, l'on verrait sur sa tête

Frissonner les fleurs du printemps ;

Mais l'âme serait toujours prête

A partir quand il serait temps !

J'y prendrais goût, car mon affaire,

Dès que les jasmins sont fleuris,

Au fond, c'est vivre sans rien faire,

Comme font tous les moines gris.

LIII

LE MOINE.

J'ai choisi pour demeure un cloître solitaire

Où l'on n'entend plus rien des rumeurs de la terre,

Où, calme, de son Dieu l'âme peut s'occuper,

Sans rien pour la séduire et rien pour la tromper.

L'éternelle nature est mauvaise et haineuse ;

L'esprit est entraîné dans l'abîme qu'il creuse,

Quand, cherchant la raison des lugubres hivers,

Il voit partout le mal accabler l'univers.

Détournant mes regards de ce monde insensible,

J'ai trouvé dans l'église un abri plus paisible;

Et, quand les chants pieux retentissent au chœur,

Une ineffable paix rayonne dans mon cœur.

Salut! vitraux dorés où le soleil ruisselle,

Et vous, piliers massifs de l'antique chapelle

Où jadis le chrétien, pour Dieu persécuté,

Invoquait en mourant la divine cité.

Sous tes larges arceaux comme l'âme s'élance,

Comme elle comprend bien ton éloquent silence,

Quand l'autel se parant de ses pâles flambeaux,

Elle déchiffre un nom aux pierres des tombeaux !

Vous dormez ici-bas, prêtres, sages, apôtres,

Vos os sont devenus ce que seront les nôtres,

Une poussière vile, un débris ignoré,

Sur qui jamais peut-être un passant n'a pleuré;

Mais votre âme en extase, ouvrant ses larges ailes,

A conquis dans les cieux la palme des fidèles,

Et sur des trônes d'or, siégeant avec fierté,

Vous regardez d'en haut la faible humanité.

Descendez en mon cœur, descendez, âmes saintes,

Car si la vieille église entend encor mes plaintes,

C'est que, portant en moi le sens de l'infini,

Je voudrais être à vous pour jamais réuni.

L'autel de bois sculpté, le cierge qui flamboie,

Ces enfants au cœur pur, ces femmes dans la joie,

Cet orgue convulsif dont les élans fiévreux

Font tressaillir les morts dans leurs caveaux poudreux,

Cette église parée aux plus beaux jours de fêtes

Des palmes fleurissant au pays des prophètes,

Éveillent dans mon âme un désir insensé

De revoir cet Éden dont l'homme fut chassé;

Et détournant mes pas de la foule importune,

J'attends que dans la nef vienne briller la lune.

Quand ses pâles rayons, tremblant sur le vitrail,

Du nimbe des vieux saints font reluire l'émail,

Et, traversant la voûte en brillantes spirales,

Expirent à mes pieds sur le marbre des dalles,

Entraîné, fasciné, par l'amour exalté,

Remontant jusqu'à Dieu, d'où part toute clarté,

Je sens qu'il est en moi, tombé d'une main juste,

Un germe d'infini, faible et pourtant auguste;

Triomphant de la chair, mon esprit enchaîné

S'élève tout à coup de mon corps prosterné;

Comme un robuste enfant, qui rejette ses langes,

Je marche d'un pas ferme au milieu des phalanges

Où les forts et les saints, de lumière vêtus,

Font un brillant cortége aux divines Vertus.

Parle-moi sans relâche, ô vieille cathédrale,

Où l'humble moyen âge a posé sa sandale;

La plante parasite à tes flancs a poussé,

Mais tu gardes toujours un reflet du passé,

Et dans tes escaliers dont la rampe tournoie,

Dans tes vitraux sacrés dont la splendeur foudroie,

Dans ton hardi clocher qui, perçant le ciel bleu,

Porte, en les cadençant, nos soupirs jusqu'à Dieu,

Je revois le grand siècle où des formes mystiques,

Quand descendait la nuit, erraient sous tes portiques !

LIV

SOUVENIR DE THIAIS.

Je me souviens toujours du jardin où ma mère,

Jeune alors, se plaisait à relever les fleurs

Que l'orage cruel incline sur la terre,

Effeuillant sans pitié leurs calices rêveurs ;

C'est là que j'amassai pour ma plaintive muse,

Un trésor de soupirs et de mystiques voix ;

Car le verger chantait une chanson confuse,

Et le doux rossignol me parlait dans le bois.

Mêlant, sans y songer, les suaves murmures

Des taillis agités par les frêles zéphyrs,

Le chant mystérieux qui sort des sources pures,

Et la voix de ma mère et mes propres soupirs;

J'ai créé dans mon cœur la tristesse nouvelle

Qui touche plus d'une âme et la fait soupirer;

Car l'ange des beaux jours, en rouvrant sa blonde aile,

M'a jeté pour adieu : « Combien tu vas pleurer ! »

Ma vie est un désert où j'aperçois les ombres

De ceux qui ne sont plus, flotter sans me parler;

Mon soleil s'est voilé sous des nuages sombres,

Des larmes dans mes yeux ne cessent de rouler.

L'amour m'a laissé seul au milieu des clairières

Où, joyeux, j'entendais frissonner mes vingt ans;

La vieillesse implacable est sourde à mes prières :

Tu ne reviendras plus, ô fleur de mon printemps !

Mais si déjà j'ai vu trente fois à l'automne
Les rameaux se couvrir d'un feuillage vermeil,
Et si l'hiver, vieillard à la voix monotone,
Rend déjà sur mon front moins ardent le soleil,

J'ai gardé mon amour pour les forêts divines;
Mélancolique enfant, je vais par les sentiers,
Cueillant, comme jadis, les vertes aubépines,
Et songeant, toujours triste, aux vieilles amitiés.

Car elles sont, hélas ! frêles comme ces branches
Dont l'âme s'évapore en parfum ravissant,
Et lorsqu'un vent jaloux touche leurs grappes blanches,
L'épine seule y reste et blesse le passant.

Pour un cœur douloureux la nature est plus sainte,
Jadis j'étais heureux, je soupire à présent;
Mais quand les bois amis répondent à ma plainte,
Ils sont pour ma douleur un baume suffisant.

Laissez-moi, souvenirs, il me faut leurs feuillages,

Sur moi le ciel y luit, plein de sérénité ;

Je regarde de loin sourire les villages,

J'absorbe dans mon cœur les rayons de l'été.

Lorsque le chaud soleil tremble sur la verdure,

Que l'insecte frémit dans le gazon épais,

J'oublie un monde faux, et que la vie est dure,

Et comme l'arbre vert je trouve enfin la paix.

Recouvrez-moi toujours, forêts silencieuses,

Que le souffle du vent fait chanter et frémir ;

Vous m'avez exalté dans mes saisons heureuses,

Laissez-moi maintenant rêver et m'endormir !

LV

UN VIEUX MANUSCRIT.

Avec respect ma main te pose sur la table,

O livre d'où s'exhale un parfum délectable !

Rien qu'à te voir, mon cœur est déjà transporté,

Car en toi tout respire un air d'antiquité.

Ton vélin, assombri par la marche des âges,

Retient fidèlement le trésor de tes pages ;

Et qui le peut ouvrir, en extase aperçoit

Les bonheurs réservés au fidèle qui croit.

Le copiste pieux, courbé sur son pupitre,

De feuillages dorés orna chaque chapitre,

Mais, en tête, il a peint, pour enchanter les yeux,

Au-dessus de la terre, une image des cieux.

Sous son pinceau naïf, entr'ouvrant un nuage,

La Vierge aux blonds cheveux montre son doux visage,

Pendant qu'un laboureur, dans les champs arrêté,

S'inclinant tout surpris, adore sa beauté.

Et l'on voit tout autour la campagne fleurie,

Les prés se font plus verts pour la vierge Marie,

Un moulin dans un champ agite ses grands bras,

Le bœuf laboure ici, le fleuve court plus bas ;

Et du cœur de Marie un rayon de lumière

S'échappant, va frapper un pieux solitaire

Qui, troublé d'avoir vu la Vierge souriant,

Se perd dans sa pensée et s'abîme en priant !

O divin manuscrit, que souvent je contemple,

Ta vignette est pour moi comme le seuil d'un temple ;

Je l'admire en silence, et je sens bien alors

Qu'il est un autre monde où revivent les morts,

Un monde plus sublime où volent en phalanges

Les amis bien-aimés de la Vierge et des anges,

Et, honteux du péché qui souille l'être humain,

Je reste à réfléchir, la tête dans ma main.

LVI

LA CRUCHE.

Regardez-la porter sa cruche à la fontaine,

La fille aux beaux pieds nus, regardez-la marcher;

Elle n'a, pauvre enfant, qu'un jupon de futaine

D'une couleur lugubre et bien rude au toucher;

Mais ses yeux sont charmants, mais ses bras sont d'ivoire,

Mais son sein arrondi contient plus d'un soupir;

Et quand au clair courant ses brebis viennent boire,

Le pâtre la provoque et cherche à la saisir !

Ah! sur ton cou si blanc ferme bien ton corsage ;

Malgré ta pauvreté, garde bien ta vertu,

Car Dieu chérit toujours celle qui reste sage

Et qui sait triompher du désir combattu.

Bientôt, pour réparer l'erreur de la fortune,

Un jeune époux viendra, riche, beau, plein d'amour,

Qui chassera bien loin la misère importune,

Et te fera sourire et briller à ton tour.

Le voile virginal entourera ta tête,

Retombant en longs plis sur ton sein agité,

Et tous applaudiront, car le monde est en fête

Quand la fortune enfin sourit à la beauté.

LVII

LE ROSSIGNOL.

Pourquoi ne pas chanter, ô rossignol sauvage,
Pourquoi ne pas chanter, lorsque le jour finit ?
— Puis-je chanter encor ? les bergers du village
Ont fait taire ma voix en détruisant mon nid.

On m'a saisi moi-même et mis dans une cage,
En prétendant qu'aux prés j'effrayais les chevaux ;
Mais, si souple qu'elle soit, leur langue n'est pas sage ;
O perfides bergers, vos reproches sont faux.

Je n'ai jamais aux champs piqué le blé fertile,

Ni fait peur aux chevaux, ni mangé le gazon;

Au vert saule des eaux, dans la lande inutile,

De rameaux desséchés j'ai construit ma maison.

Mais puisque votre main imprudente et cruelle

Trouble un cœur innocent dans ses joyeux amours,

J'enchaînerai ma voix comme on retient mon aile,

Et pour vous attrister, je me tairai toujours.

LVIII

A J. DE T.

Lorsque, pour t'absorber, la forêt t'environne,
Que tu vois à tes pieds la verdure fleurir,
Devant toi les grands bois lutter avec l'automne,
Et sur ton front pensif les nuages courir;

Ne laisse pas ton cœur s'attacher aux images
D'un monde tentateur qui fuit incessamment;
Si le fleuve pour toi chante sur ses rivages,
Ton regard sur ses flots ne brille qu'un moment.

Ils s'en vont, gémissant, se perdre dans l'abîme

Où tout s'évanouit, tout, pour l'éternité !

Ce qui subsiste seul, invincible et sublime,

Dans l'œuvre des sept jours, c'est la sainte beauté !

Elle seule, parlant à l'âme des poëtes,

Triomphe du destin qui régit l'univers;

Vous tombez tour à tour, palais, temples et fêtes,

Mais jamais la beauté, mais jamais les beaux vers !

Si la divine Laure est encore vivante,

Elle doit au Toscan son immortalité;

Et nous voyons toujours la maîtresse de Dante

Rayonner, plus splendide, au ciel qu'il a chanté !

Regarde donc tes yeux, et non pas la nature,

O fée enchanteresse, ô perle d'Orient,

Près de qui le poëte accablé se torture,

Craignant de voir l'éclair sur ton front souriant.

Il faudrait sous tes pieds la pourpre solennelle,

Sur ton sein le bandeau qui consacre les rois ;

Mais, que dis-je, insensé? ta puissance est plus belle,

Car tu tiens tous les cœurs asservis sous tes lois.

Comme les conquérants, tu règnes par la crainte,

Nul ne peut résister à ton regard hautain ;

Et le cœur qui t'approche, en conserve une empreinte

Qu'il gardera toujours dans l'avenir lointain.

O rêveuse charmante, ô séduisant mélange

De grâce, de beauté, de folie et d'amour ;

Dieu voulut fondre en toi le démon avec l'ange,

Et, pour te mieux créer, fit un huitième jour.

Tu reçus tous les dons, comme autrefois Pandore,

L'Amour dominateur s'établit dans tes yeux ;

Et quand tu fus parfaite, aux lueurs de l'aurore

Pour nous perdre ici-bas, tu descendis des cieux !

LIX

OCTAVE.

Le blé mûr se balance au milieu de la plaine;

Couché sur le chemin, je vois les moissonneurs,

Faisant courir entre eux la gourde à demi pleine,

Tailler du même coup les épis et les fleurs.

Puisque mon cœur est mort, qu'il n'a plus de courage,

Je voudrais à mon tour, entre les blés tapi,

Certain qu'elle me hait, la perle du village,

Sous la dent de la faux tomber comme un épi.

FIN.

TABLE.

302

Paris. — Imprimerie Bailly, Divry et Cᵉ, pl. Sorbonne, 2.

www.ingramcontent.com/pod-product-compliance
Lightning Source LLC
Chambersburg PA
CBHW071844020726
47502CB00003B/587